U0057328

AQUARIUS

AQUARIUS

AQUARIUS

AQUARIUS

每個人心中都有一座島嶼，

藉文字呼息而靜謐，

Island，我們心靈的岸。

人人皆撒旦

我在精神病院當醫生2

楊建東

目錄

目錄

死亡倒數計時

說實話，我是抱著極其矛盾而忐忑的心態寫下這一章的。

其實，我更希望大家跳過這一章的故事，直接從第二章的故事開始閱讀。但是，在我心中，這一章的內容對我的人生和世界觀的影響實在是太大，以至於我不得不提筆將其寫下。因為，這一章是關於一位我最好的朋友的。

他也是一名精神科的門診醫生，而且更重要的是，他是我的大學同學，當初他跟我一起來醫院實習，我們一起喝酒，一起爬山，一起打牌。可以說，我們感情非常融洽。

直到有一天，他自殺了。

而他自殺的原因，是因為他被他診斷的一名病人思想所「汙染」，無法擺脫對方的世界觀，整日活在惶恐之中，最後，不得不選擇了自殺這一條路。

而這一章的內容，就是我和那位同樣是精神科醫生的朋友的對話。這段對話，是在他自殺前的四天。那也是我和他的最後一次對話。

那天，我的那位朋友，變成了我的病人。

當他挪進我的門診室，我就看出他精神狀況不大對勁。他面色枯黃，手指和手臂都在微微抽搐，整個人頭髮散亂，眼窩略微發黑，嘴唇也發紫，簡直就像是個殭屍。和我記憶中的他相比，我幾乎都快要認不出他了。

看到我，他苦笑了一下，說：「看看我，是不是人都變樣了？」

我：「我剛想說。你這神色，是不太好。你已經請了兩個星期病假了吧？出了什麼毛病？沒事吧？」

他：「我自己都已經弄不清楚我到底有沒有病了。能做的檢查，我都做了，核磁共振，CT，彩色超音波，胃鏡，大腸鏡，心電圖……反正能做的檢查我全都做了。呵呵。」

我：「你檢查這麼多項目幹什麼？而且，這些檢查項目，都不怎麼搭邊吧？檢查結果怎麼樣？」

他坐到了我的面前，隔著桌子，有氣無力地開始跟我對話：

「心電圖不太正常，彩色超音波檢查結果是竇性頻脈和心律不整。心率都快到一百二了。」

我：「心臟不好？不會是心臟有毛病吧？可是心臟病很多都是遺傳，我記得你家族，沒這方面的問題啊。」

他搖了搖頭：「都不是。我心臟沒毛病。我是被嚇的。」

我：「嚇的？」

他：「對。嚇的。疑病症。我就覺得自己有病。我每個禮拜至少去檢查一次，不檢查，我感覺整個人快活不下去了。但是愈檢查，我就愈怕。」

我：「可你不是沒毛病嗎？心動過速這種小毛病，很多年輕人都有，大都是熬夜過多太疲勞之類的，很正常。休息休息就好了。」

他：「也不算完全沒毛病吧。就是做CT的時候，膀胱檢查出了一層高密度陰影。不過後來做了增強CT，結果是膀胱一點點結石，多喝點水就沒事了。」

我：「對啊，就膀胱結石而已，沒什麼問題啊。很多人都有。全中國大多數人都有膽結石，就是大小問題。」

他：「膀胱檢查出陰影只是附帶的結果。我一開始根本沒有想到自己膀胱有問題。我從來沒有尿血，也沒有小便疼痛，我以前一直覺得我的膀胱很正常。當報告單上說我膀胱有陰影時，我整個人都驚得跳了起來，那時候，我整個人都發軟，兩隻腳走路都像是從冷水裡拔出來一樣，發麻，發抖。」

我：「可除了一點小毛病，你不還是正常人嗎？」

他：「可我就是覺得自己有病。我知道自己是疑病症，可是那對我擺脫疑病症完全沒用。」

我忍不住笑了：「你到底是怎麼弄成這樣的？之前你不是好端端的嗎？到底發生了什麼事？」

他：「其實一開始是我的一個病人。他也跟我一樣，有疑病症，而且心理不太正常。」

我：「然後呢？」

他：「他說他有愛滋病，說是在洗浴中心找小姐感染的，想找我諮商，問我該怎麼克服心理壓力，怎麼才能不自殺。然後我跟他談話的時候，他突然拿出一個針頭扎了我的手臂一下，就扎了那麼一下，然後他整個人都癲起來，開始瘋了一樣大笑。」

我：「這是什麼時候的事了？我怎麼不知道？」

他：「半年多了。那時候你沒值班，你不知道。」

我：「那你報警了嗎？這種事完全可以報警了。」

他：「報警了。那人被抓了。但是對我來說，已經沒有什麼意義了。那時候，我雖然很氣，氣得想當場把他按在地上打，但是我又不敢碰他，怕被他感染。他被帶走之後，我就回家了。那天我回到家，打了個電話，和我的女友分手。然後，我突然感覺自己整個人生都毀了，做什麼都沒意義了。我就那樣僵直地躺在床上，面對著天花板，感覺整個人都像是塊抹布似的，什麼都不想做，做什麼都沒有了興趣。因為那時候我才意識到，人會對做一件事有期待、有興趣，是因為他知道自己明天還會活著。他知道自己明天還能看到新的電影、能賺錢、能出門跟女朋友約會，所以才有意思。一旦你知道自己快死了，你知道自己沒幾年好活了，就什麼意思都沒有了。真的，這種感覺大概只有快死的人跟老人能體會，一般人不到那個地步，是體會不到的。」

我：「那個王八蛋是真的該死。那後來呢？你檢查過了，沒問題吧？」

他：「當然是檢查了。我怕得要死。但是愛滋病的感染過程至少是兩週，就算我第二天去檢查，也是查不出來的。我只能那樣等上兩個禮拜，不管有沒有被感染，我都只能等著不知道有沒有的病毒一點一點跑進我的血管，傳遍我身體每一個角落，慢慢慢慢地在我身體裡蔓延。我沒辦法。真的，沒辦法。」

我：「那後來呢？」

他：「後來，我幾乎連續兩個禮拜，天天失眠，做噩夢。每天早上醒來的第一件事，就是摸一摸我的額頭，看看有沒有發燒。因為愛滋病早期的常見症狀之一，就是發燒。因為那個時候是夏天，有幾天天氣有點熱，我醒來摸摸額頭，感覺有點熱，那時候，我就開始覺得自己是真的得了愛滋病。於是就開始開空調，但是一開空調，又怕空調病會讓我發燒，更加深我疑病症的傾向，我又只能忍著熱。那時候，我已經不知道該不該開空調了。不開，怕身體的熱度誤以為是發燒；開了，又怕因為空調病發燒。我已經沒法像個正常人那樣過日子了。然後，我心臟開始出現問題。晚上睡覺的時候，開始感覺自己的心臟像是要從胸腔裡跳出來一樣，跳得比以前要有力得多，晚上睡覺都可以聽到『哆哆』的聲音，就像是有人在敲隔壁的牆似的，根本沒法睡著。」

我：「後來你檢查了吧？」

他：「到第二個星期的星期一早上，我是第一個到醫院做驗血檢查的。可是等結果出來還要一個星期。那個星期，比之前還要難熬。」

我：「結果呢？」

他：「檢查的結果是陰，沒問題。」

我：「這不就好了嗎？」

他：「好了？呵呵，這才剛剛開始！兩週內檢查出愛滋病陰性，準確率實際上只有五成，誤診機率很高！必須到第四週、第六週、三個月、半年後再去檢查！第四週準確率是九成，第六週準確率是九成五以上，三個月後才接近百分之九十九。可是那也沒有完全排除，我們國內就是有人六週的時候檢查出是陰性，之後過了一週去檢查變成陽性。檢查至少要兩遍。」

我：「你太敏感了……但現在半年過去了，你總好了吧？你都檢查了這麼多遍。」

他：「第四週和第六週我都去檢查了，是沒問題……可是，愛滋病，只是個開始。真正的問題，是在那之後。」

我：「之後？」

他：「事情還是回到我一開始等檢查報告單出來的那一週吧。那一週，我每天晚上躺在床上，怎麼都睡不著，半夜三更睡下去。然後，我的身體開始出問題了。」

我：「什麼問題？」

他：「開始表現出了各種愛滋病才有的症狀。」

我：「這……不可能吧？你不是沒病嗎？」

他：「檢查結果是沒有問題，可是症狀，還是出來了。愛滋病會導致自律神經失調，那時，我的身體就開始出現這種情況了。躺在床上的時候，我的手開始抖動，雖然能夠使力，但是稍微用點力氣，手指就會抖得更加厲害，就好像肌肉開始萎縮了一樣。愛滋病也會讓肌肉萎縮，你知道嗎？」

我：「呵呵，你那純粹是太緊張了吧？」

他：「但還有別的情況。我的大便也開始不規律了。我每天都開始水便。每天早上起來，腸子都會咕嚕嚕叫，然後會肚子劇痛痛醒。一天上四、五趟廁所。腹痛、腸鳴，這也都是愛滋病的症狀。而且大便還會發紅，仔細看，裡面好像有血一樣。血便，這也是愛滋病的症狀。」

我：「這個是因為太累了吧？」

他：「然後身上開始長紅點了。一開始是胳膊上，一點一點的，非常癢，密密麻麻的，像是米粒一樣。而且愈撓愈多。身上長斑點，這也是愛滋病的症狀。」

我：「……」

他：「還有舌頭，我的舌苔也開始發白。我每天都會對著鏡子吐舌頭，看看舌苔有沒有發白，長出一層白毛。舌頭發白，也是愛滋病的症狀。」

我：「可是你說的這些，一般人都很常見啊。一般人太累了，壓力大，也會這樣。」

他：「問題就在於很常見。愛滋病的所有症狀，感冒、身上長紅點、舌頭發白、大便稀，這些症狀，和一般人生病幾乎沒有區別。」

我：「可是，如果是愛滋病的話，要嚴重得多吧……」

他：「不。看人，有的人很輕微，也有很多人，甚至根本沒有任何症狀。手抖、發熱、長紅點、身上發癢、大便多、舌頭發白，這些都不是特異的，雖然有三、四成比例的人有這些症狀，但是很多人，甚至一半多的人，沒有任何症狀。你懂嗎？」

我：「好吧。不過後來檢查沒事了吧？這不就好了？」

他：「但問題是，這才剛剛開始。在第五週出來報告，顯示我血液正常後，我的精神狀況出問題了。」

我：「什麼問題？」

他：「我開始覺得我得了大腸癌。」

我：「大腸癌？」

他：「真的。你知道大腸癌早期的症狀嗎？大便稀，或者大便顏色發黑，或者肚子痛，一天去廁所好幾次。早上腸道咕嚕嚕地鳴叫，放屁多，有時候便祕，甚至大便糊，紙上有血，這些都是大腸癌的症狀，你有過嗎？」

我開始感到了一陣毛骨悚然。因為那時候我已經想起了我幾次拉肚子，反覆上廁所的經歷。我也記起，我的確有時候，身體疲憊時，會出血，但是我基本上都沒有在意。

我：「所以，你才去做了大腸鏡檢查？」

他：「對。我去做了大腸鏡。因為我真的覺得自己是得了大腸癌。當然，檢查出來，也是沒問題的。」

我：「那不就好了嗎？」

他：「可是，我做的是大腸鏡，我還沒有做結腸鏡……結腸癌和直腸癌的症狀，很多都是一樣的，都會便祕，或者拉稀，或者大便出血或者發黑。我還是肚子痛。不信你可以去查查看。拉肚子的那幾天，我每天都會按我的肚子，因為如果你有大腸癌，肚子按下去，是會有顆粒狀的硬邦邦的東西可以滑動的。有的人不明顯，有的人明顯，要用力按才能感覺到，肚子裡好像有顆粒一樣的東西。然後，我就每天按，愈按，我就愈是覺得肚子痛。而且，我真的按到了顆粒狀的東西，我已經分不清那是脂肪粒還是腫瘤了。」

我：「然後你又做了結腸鏡？」

他：「做了，結果正常。」

我：「看，這不還好了？」

他：「你要知道，腸和胃是相連的。肚子痛的原因，不一定是腸道，也有可能是胃癌，而且如果腫瘤長在胃和腸道接口處的話，哪怕是大腸鏡或者胃鏡，都是很難檢查出來的。」

我：「難怪你又去做了胃鏡……」

他：「因為胃癌也是會導致肚子痛，會便血、拉稀或者便祕的。幽門螺旋桿菌的吹氣測試和胃鏡，我都做了。」

我：「結果也是正常？」

他點點頭：「正常。」

我：「所以說啊，你的毛病，就是在於想太多了……血液、腸道、胃都檢查過了，沒有問題，這下你總可以安心了吧？」

他：「如果有這麼簡單就好了。那時候，我的身體已經很不對勁了。我的四肢都已經會亂抖，手腳、脖子都痠痛。而且，特別是脖子，脖子後面按下去，痠痛得難受。」

我：「這很正常吧……」

他：「愛滋病早期症狀就是脖子後面淋巴結腫大。按下去很痛，很痠，特別難受。」

我：「怎麼說著說著，又回到愛滋病了？」

他：「沒辦法。那時候，我這個人腦迴路已經開始不太對了。我知道自己就是醫生，自己神經過敏，但是，我已經沒法控制了。我發現我做為一個醫生，我懂得太多了，你知道嗎？當我以前還不是醫生的時候，我不會去在意我身體上的一些細節，脖子上稍微痠痛一點、手指有點發抖、腋下或者胳膊上長幾個紅色的斑點、拉拉肚子、舌頭發白，偶爾便祕，或者放屁很臭，我都不會在意。但是當了醫生後，卻不一樣了。我知道直腸癌、結腸癌、胃癌、肝癌、膀胱癌、膽囊癌、腎癌都可能導致便血、放屁又響又臭、肚子痛、發燒，或者尿血、體重減輕之類的症狀。不信你可以去查查看。

「我懂的那些醫學知識，反而變成了我恐懼的來源。我開始每天量自己的體重，今天比昨天下降個零點幾公斤我都怕得要死，因為愛滋病、癌症之類的疾病，就是會一個月體重下降好幾公斤。如果你今天體重下降了零點二五公斤，你自己算算，一個月會下降多少？你的身體，說不定已經出了大毛病！

「我還開始每天對著鏡子吐舌頭，看看我今天舌頭白不白，愛滋病導致的念珠菌是不是已經開始在我舌頭上生長了。我還會看我有沒有足癬，因為愛滋病的症狀就是一隻腳有足癬，一隻腳沒有。我也開始害怕我的手發抖，因為愛滋病症狀就是肌肉萎縮，手抖、手臂痠，是你肌肉萎縮的徵兆！不信你可以去查查看。

「我也開始每天按肚子，有時候按到一顆皮下脂肪粒，我都會覺得那裡鼓鼓的，可以滑動，像個球體一樣，那就是腫瘤！」

我：「可是……一些腸炎、胃炎之類的疾病，也可能會導致肚子痛、放屁臭，或者拉肚子、便血的症狀吧？」

他笑了，笑得苦澀：「可你不去做科學的醫療檢查，就能保證你一定是腸炎，不是大腸癌嗎？腸炎和大腸癌早期症狀極其相似，基本上分不出來！很多得大腸癌、胃癌的人，一開始都以為自己是腸炎或者胃炎，結果等發現的時候，已經為時已晚。不信你可以去查查看，這樣的例子比比皆是。」

那時候，我已經開始感覺自己都快被他的思想給感染，甚至呼吸都開始變得有些困難了。因為我想起了生活上的一些細節，比如說夏天的時候，胳膊上長出疱疹，紅紅的，密密麻麻的。或者有時候，脖子後面一壓，感覺腫腫的，有些肥大痠痛。

我：「那後來你又做了什麼檢查？都是一樣的項目？」

他：「做了甲狀腺穿刺。因為像自律神經失調、手抖、脖子痠，還有腸胃不太舒服之類的，都可能是甲亢的症狀，不信你可以去查查看。如果得了甲亢，你這輩子基本上也完了，甲亢是很難治的。」

我：「那檢查結果也正常？」

他：「也正常。」

我：「我都快被你嚇死了，正常就好啊。從腳到頭，你都檢查遍了，這下還能怎麼樣？」

他：「身體是沒問題。但是身體的影響，只是一小方面而已。更多的，還是生活上的。」

我：「生活上？」

他：「我不敢再騎共享單車了。你知道為什麼嗎？因為很多愛滋病患者為了報復社會，會把沾了自己血的釘子放在車座上，如果有人坐下去，就會被扎到。」

我：「也沒那麼嚴重吧……」

他：「我也不敢買西瓜了。你知道嗎？也有愛滋病患者故意把病毒注射進西瓜或其他水果裡賣出去。你買水果的時候，有碰到過西瓜裡面莫名其妙腐爛一塊的嗎？或者買橘子、柳丁表面有個洞，周圍還黑了一圈，那就是被人扎過的。」

那時候，我真的開始坐立不安了，因為他說的這種情況，我是真真切切地碰到過。而且，還遠遠不止一次。

我：「可是，這種事，總歸是少數吧？」

他：「還有旅館。你有聽說過，有人在旅館裡只是用毛巾擦了一次身體，就得了愛滋病或者其他病的嗎？旅館人多，有時候服務員根本不會把毛巾拿去洗，直接就掛在那裡，這個旅客用了，下一個再用。你知道多嚴重嗎？」

我：「這……」

他：「還有理髮店理髮和刮鬍，我也不敢了。你知道嗎？理髮店每天客人成百上千，裡面有愛滋病、感染病的人，怎麼也不可能沒有吧？刮鬍、理髮的時候最容易見血，如果你在理髮店刮鬍，是很容易得愛滋病的，你知道嗎？不信你可以自己去查查看。」

我：「不會那麼嚴重吧，愛滋病也不是那麼容易感染的……」

他：「所謂的機率大小，只是從社會統計角度來說，但是對個人來說，只有感染和不感染這兩種選擇。要麼死，要麼生，只有這兩種選擇。而且，愛滋病的潛伏期，有的可以長達十年。你一旦懷疑自己有了愛滋病，未來的十年，都可能活在陰影裡，你知道嗎？」

到了這個地步，我幾乎已經沒有什麼話可以說了。同樣是醫生，他知道的東西，很多我也明白。目前的醫療技術，ＣＴ檢查、核磁共振、彩色超音波、大腸鏡等等，其實很多都不可靠，尤其是地方的小醫院，根本檢查不出來。因為很多時候，像彩色超音波、核磁共振這種東西，關鍵不在於技術，而在於醫生的經驗和眼力。同樣的儀器做出來，一團黑乎乎的陰影，經驗不豐富的醫生會告訴你疑似腫瘤；經驗豐富的醫生會笑著告訴你，那是鈣化。

但是很多時候，結果卻有可能是，所謂經驗豐富的醫生，其實只是敗絮其中罷了。

我：「不管怎麼樣，只要好好調節，總會走出來的，你都檢查過這麼多次了，你的身體肯定沒毛病了。像癌症這種，真有徵兆的話，一年兩次，總可以檢查點東西出來的。」

他：「但問題已經不僅僅是檢查了，問題的根源在於疾病的本質。」

我：「疾病的本質？」

他：「對。具體點說，是癌症的本質。你知道為什麼癌症到了現在，還沒有辦法根治嗎？說句實話，再過一百萬年，人類也沒有辦法根治癌症的。」

我：「腫瘤科和我的科不對門，我知道的不多。」

他：「癌細胞的本質是數學機率。這個說法你最好別說給一般病人聽，否則其他腫瘤醫生沒法混了。癌症的本質就是個機率問題，就像電腦程式，運行久了，肯定出錯的機率就會提高。哪怕這一秒出錯的機率只有百萬分之一，但是如果從今往後再運行一百萬秒、一千萬秒呢？從整體來看，隨著時間的延長，機率就會不斷逼近百分之百！為什麼很多人到了五、六十歲，或者七、八十歲，得癌症機率會愈來愈高？有人說那是機體老化導致的，但是其實主要原因是機率。每個人從出生開始起，癌細胞的擴散機率值就開始不斷提高了。到了五、六十歲的時候，很多人的這個機率值已經過半了，到了七、八十歲，這個機率甚至可能已經到了百分之八、九十。這才是癌症發作的根源。」

我：「這個說法……倒是挺新鮮的。」

他：「還不單單是癌症。其實每個人生下來的那一刻起，各種疾病的機率值都在上升，癌症只是其中一種。高血壓、心臟病、血管硬化、腦血栓……各種疾病的出現機率都已經開始上升。

所有疾病都像是在玩龜兔賽跑，得癌症而死的人，只是因為他得心臟病的機率敗給了得癌症的機率而已。哪怕他沒有得癌症而死，過幾年也會腦血栓而死，或者因為別的病死亡。因為隨著你年紀增長，各種疾病的發作機率值都開始變得很高，大多數都可能超過了九成。你的死亡，只是這些發作機率超過九成的疾病裡，隨機抽取一種而已。」

我：「聽起來……就像是死亡倒數計時。」

他：「這個比喻差不多。這就是個死亡倒數計時器，簡直就像是外星人專門對付地球人的武器，用數學上的機率規律做的武器，是吧？我甚至都覺得，說不定，癌症就是外星人用來對付地球人的數學規律武器了。」

我：「我現在有點理解你為什麼隔三差五做檢查了。」

他：「沒辦法……我已經過了三十歲了。人過了二十六歲，各種身體機能就開始走下坡路，各種疾病發作機率已經開始急劇增加。很多人開始發病都是在二十六歲之後。這個時候，說不定，你體內就已經有癌細胞開始在擴散了。癌細胞擴散是很快的，有的一、兩週就能擴散到全身，你不每週去做檢查，怎麼確定體內的癌細胞沒擴散？不做檢查，你怎麼知道你一週前沒有病，一週後就可能開始得癌症？

「如果你放屁特別多，而且很臭，或者大便頻繁、很稀，你要小心了，因為那可能是結腸癌的症狀。

「如果你肚臍眼周圍區域隱隱作痛，就算很輕微，你也要小心了，那可能是十二指腸癌或者胃癌的症狀。

「如果你體重短時間內下降厲害，而且變瘦了，就要小心，那可能是惡性腫瘤的徵兆。

「如果你的左腹隱隱作痛，你要小心了，那可能是直腸癌的症狀。

「如果你的額頭、胳膊或者肩膀上有皮蘚，或者你有單腳足癬，你要小心了，那可能是愛滋病的徵兆。

「如果你的心臟有時候會突然刺痛一下，你要小心了，那可能是心臟病的早期症狀。

「如果你的手向前平伸的時候，手指伸直會發抖，你要小心了，那可能是甲亢的症狀。

「如果你上廁所的時候小便痛，或者有時小便很濃，或者尿血，也要小心了，那可能是膀胱癌、尿毒症，或者糖尿病的徵兆。

「如果你莫名其妙頭暈或者頭痛嚴重，就要小心了，那可能是腦瘤的徵兆。

「不相信我的話？行啊，你自己去網路上查查看啊，看看我說的話對不對。我可以保證，我說的每一條，你都對得上。」

我和他的對話，到這裡差不多結束了。那也是我這一生中最後一次和他談話。

朋友的自殺，對我的感情和職業打擊很大。這件事，也影響了我的人生軌跡。除了我有時候在酒後變得更惆悵外，更多的改變，在於我在生活中，開始變得更加注意細節了。

後來我了解到，那個用針頭扎了他的疑似愛滋病患者根本就沒病，他只是因為和疑似感染了愛滋病的小姐發生了關係，然後以為自己得了病而已。

而且，有不算充分的證據表明，那個小姐，似乎也沒有感染愛滋。

但是，恐懼，卻在這無形的鎖鏈之中，以擊鼓傳花般的方式，一個人又一個人地傳遞了開來。絕望之花，就這樣在一個又一個無辜的人心中，邪惡地盛開。

我還記得我的朋友留給我的最後一句話：

「科技再發達，人也是沒有辦法實現永生的。人類已知疾病有七千多種，這七千多種疾病就是七千多個死亡倒數計時器。每一個死亡倒數計時器都在龜兔賽跑，都會隨著宿主生命的延長，隨時衝到終點。」

他人即地獄

事實上，就我這個行業的經驗來說。最難對付的病人有兩種。一種是極其實用主義、對未來充滿悲觀情緒的病人，他們極其現實，只講究物質和金錢，情緒壓力繁重的原因，歸根結柢只是一個字：錢。但是事實上，精神方面的治療和心理的引導，並不能在根本上解決現實的物質問題。所以當這些病人不肯跟你好好對話，開口閉口只有一個字「錢」的時候，你會發現自己根本無法跟這種人交流。而另一種，則是高學歷的人，這些人往往已經形成了一套在邏輯上極其嚴密的世界觀，這套世界觀是如此的嚴密，以至於一般人很難撬動他們的世界觀。而這一套世界觀，往往會引導他們做出異乎常人的行動。但是在他們的視野裡，他們會覺得自己的想法和行動，都是完全正常的。

這次我要說的，就是這麼一個人物。你可以覺得他是病人。但是在我們這一行業裡，交流時都會盡量避免「病人」這個詞。因為一旦一個人被輕易打上了精神病標籤，往往會導致他一輩子都擺脫不了這個頭銜，哪怕他其實是個正常人。

他和那些焦慮症、緊張症、恐慌症、疑病症的患者並不相同，剛入院的一段日子裡，他甚至不想跟任何人交流。他整天就悶在病房裡，趴在床上，懶懶散散，邋邋遢遢，無精打采，就像是嗜睡症患者的症狀。一直到服用了穀維素兩週以後，他的精神狀況才相對好轉，但是依然是寡言少語，很難開口。直到有一天，也不知道是不是他自己想通了，當我去病房查看他的狀況時，他突然開口了。

他開門見山地問我：「如果有一個比你現在的工作工資高，而且輕鬆得多的職位，你會轉行嗎？」

我當時就被他這個問題給問住了。但我更高興的是，看到他能夠像正常人那樣開口問話，這說明他病情好轉了。於是我想了想，笑笑說：「那得看高多少了。想轉到別的地方去，不是那麼容易的。畢竟我也已經做了幾年，這裡認識的人多了，熟悉的朋友也很多，去新的環境，不是那麼容易適應的。」

他：「如果高十倍工資呢？」

我：「如果真有那麼高，幹麼不去呢？正常人都會去啊。除非是那種風險高、不太乾淨的行當。怎麼突然問這個？」

他：「沒什麼，你回答我的問題就行了，我就是想知道。你喜歡你現在這個職業嗎？」

我：「你的問題怎麼跟社會調查似的。我對我現在的工作，還算滿意吧。說實話，如果不是像高十倍工資這極端一點的條件，只是高一點點工資的話，我倒還不想轉行。雖然現在的工作有時候也很累，但主要是能夠認識到很多有趣的人。見識到這些人之後，過上普通人的日子，反而會覺得他們太平淡、太普通。這大概是我這個職業的人的經驗吧。」

沒想到在我和他的這一番對話之後，他似乎對於交流來了興致，一下子打開了話匣子。前陣子還很少開口的他，居然一下子變得滔滔不絕。

他：「那你還算可以。比一般人讓我覺得舒服點。」

我：「一般人？指的是哪些人？我覺得我很一般啊。」

他：「急功近利的人。那些人只把工作當做維持生存的工具，缺乏理想和興趣。」

我：「那也不能那麼說。現在這個社會，失業率那麼高，工作那麼難找，想要找一份合自己興趣的工作，也沒有那麼容易，總得先養家糊口吧？」

他又突然不說話了，沉默了一下。於是我坐下來和他談心：

「說說你的情況吧。你來這裡也有一段日子了，但是你一直不肯說你現在這種情況的真實原因。今天你心情看起來不錯，我們聊聊。」

他：「為什麼要聊？為了治好你嘴裡說的我的病情，好讓你的簡歷好看一點，然後你名氣大了以後更好賺錢嗎？還是讓你的名聲更好點，更滿足你的虛榮心？」

我：「呵，我沒想那麼多。我就是想隨便跟你談談。」

他：「你沒想那麼多，是因為這已經變成了你的職業習慣，變成了一種思維習慣。但是你會這麼做，還是因為你下意識地知道，這麼做會給你帶來好處、給你利益而已。說到底，還是你身體裡自私的基因在讓你這麼做。」

我：「自私的基因？你是看過理查．道金斯寫的那本同名書嗎？」

他低下了頭：「說實話，那本書害了我。如果可以，我真的想把我的記憶全部刪掉，回到我沒有看那本書的時候。那樣我的日子說不定會好過點。」

我：「那只是一本很普通的生物書吧，講述的是生命的起源。」

他：「但是那本書也點破了生命的一些本質，撕下了整個社會每個人虛偽面具背後的真面目。看完了那本書後，我兩次想過自殺，他們（指的是患者母親和姑父）應該跟你說過這件事。我已經不想活了。」

我：「沒必要那麼極端吧？你是不是生活上有什麼不順利？發生了其他事？」

他：「沒有什麼太多不順利，就是對這個世界絕望了而已。每個人都是自私的，都只是自私的基因的生存和繁衍工具而已。每個人做任何一件事的行動根源，說到底就是因為自私。活著這件事，本身就讓我覺得噁心。活著，真他媽噁心。」

我：「可是你母親不是就很關心你嗎？不然她也不會送你來這裡了。她是為你好。」

他：「父母關心子女，說到底只是因為子女是他們基因的延續工具。是父母體內的基因在操控他們去關心子女，好讓自己的複製基因延續下去。說到底，還是自私的基因在主導。我媽送我來這裡，說到底就是她自己基因的自私。如果我不是獨生子，她有十來個兒女的話，她才懶得管我，直接把我丟了。她現在是沒辦法，年紀上去了沒法再生，而且她在我身上投入的金錢和撫養成本太高了而已。」

我：「呃。不管你怎麼想，從結果來說，對你還是好的，不是嗎？」

他：「當我這麼想的時候，就是我從利益出發了。說到底，就是我身體裡自私的基因在作祟了，你明白嗎？我就是感覺噁心。」

他很快開始變得歇斯底里了起來：「噁心，噁心，噁心！我就是覺得這整個世界都噁心。以前的我根本不是這樣的，那時候我還天真地以為，這個世界上真的有親情，有什麼愛情，還有友情，只要好好對待別人，就會有好報。現在我知道這些都是狗屎，都是虛偽，全都只是自私的基因的操縱結果！活著有什麼意思？」

我：「你冷靜一下。生命的意義是自己確定的，不能那麼極端。有時候，你給自己定個目標，規劃個生命的意義，就可以過得很充實，拋開那些亂七八糟的想法。」

他突然笑了：「意義？你知道『意義』這個詞是什麼意思嗎？每個人做一件事前，都會問自己『做這件事有什麼意義』，但是其實『意義』這個詞，換個直白點的說法，就是利益！無非就是『做這件事我能得到什麼樣的結果，對我有沒有利益』，說到底還是以自私為目的！在生物進化的過程中，生物為了活下去，會盡量減少能量的消耗，做每件事都會先想『我這麼做能得到什麼讓我活下去的好處』，久而久之，意義這個概念就模糊地在人類大腦裡形成了，而且人類還往往不自知。所以才會問出『生命的意義是什麼』這種蠢問題。意義這個詞本來就是『對生存有什麼好處』這句話的縮寫，所以，問生命的意義是矛盾的，根本不會有答案！就像你去問坐標軸上一個原點的原點是什麼一樣，沒有答案的！」

我：「冷靜點，不管你怎麼想，你都可以冷靜點，是吧？慢慢說。」

他喝了口茶，情緒稍微穩定了點，然後繼續說道：「你是治不好我的。誰都治不好。原因是我根本就沒有什麼病，我只是說出了讓每個人都無法接受的事實而已。你妻子對你好，是因為你對她來說，是可以提供她後代投資的提款機；她出軌去找別的男人，是因為你工作不順利、事業不成功、賺的錢少了，她想要找更好的提款機，好讓她自己的基因和後代基因能活得舒服。你會出軌，也是因為別的女人更好看。更好看的女人，往往皮膚白，頭髮長，身材苗條，說明懷孕機率高，後代健康機率高，你體內的自私的基因又驅使你利用那些女人的身體，去繁衍你的基因。」

我：「你說的不是沒有道理。可是，人類不就是這麼延續下來的嗎？」

他又開始滔滔不絕：「但我就是覺得噁心。女人買香水，買奢侈品，買名牌包，買飾品，不就是為了讓自己好看點，然後欺騙男人，讓男人覺得『哦，這個基因孵蛋機看起來不錯，把我的基因給她，後代存活率會比其他女人更高』嗎？男人買房買車，炫耀自己家財萬貫，不就是想告訴其他女人：我有錢，你來找我，我可以養活你和你的後代嗎？而且還順便告訴其他同行，你們都是找不到資源、沒有本事的垃圾基因，比不上我。我的基因比你們優秀，你們可以滾蛋了。這些說到底都是自私的基因，自私的基因本能已經深入到了每個人的骨髓、思想深處，有時甚至連自己都沒法意識到了。比如說，學校裡強壯的學生，看見弱小的人和殘疾人就想欺負，就是因為想透過欺負弱小來顯示自己基因的優秀和強大，這說到底，還是自私的基因的操控！」

我：「但也不是每一種行動都有目的的。人類還有藝術，還有美食，還有音樂，還有那麼多的文化。」

他：「呵呵。文化？藝術？說到底，那些都是基因繁衍的衍生品而已！就說美術吧，為什麼人喜歡對稱的畫風？因為人在找配偶的時候，對象長得愈是對稱，愈是說明他的基因沒有疾病，不會有肌肉萎縮，最健康！喜歡對稱性物體的本能，還不是自私的基因給你的？喜歡美食？人喜歡吃鹹的，還不是因為原始人缺乏鹽類，所以希望大量攝取鹽分好維持生存？為什麼人不喜歡聽到噪音？因為噪音很吵，讓你想到野獸。而女人哼唱的輕音樂，讓你想到自己的母親。這些對於基因來說，都是趨吉避凶的！」

他說話非常地激動，但我意識到他的眼神很怪異，雖然他言詞激烈，但是他看人的眼神，卻和普通人始終不太一樣。那種眼神，用比喻的方式來說的話，就好像是在看一塊蓋在地上的抹布。只有當我微微有動作的時候，他的眼神才會跟著慢慢轉動一下。這種眼神和他手上的動作比起來，顯得極其不協調。

他繼續說：「人類所謂的理性，所謂的藝術欣賞，所謂的無私奉獻，所謂的犧牲和英勇就義，都只是為了生存的自私而已。古代為什麼有士兵去打仗？真以為是為了保家衛國嗎？還不是因為古時候生產力低下，沒有別的辦法得到生活收入，才去當兵賺錢？當兵只是活下去的職業而已。你真以為有人會為了別人犧牲自己，英勇就義？那些救人的人，如果提前知道自己會死，我看這個世界上還有誰會肯英勇就義？還有什麼理想，想當畫家，想當歌手，想當明星，想當作家，說到底，無非就是想在一個群體裡凸顯自己，一邊賺錢，一邊吸引更多異性資源，傳播自己的自私基因而已。為什麼人會虛榮？無非是想讓別人以為自己基因優秀，不想讓知道自己是垃圾基因而已。」

我：「你的話太極端了。但是也別忘了，人是社會性的動物啊，人也是要合作才能生存的。特別是在現在的社會，合作愈來愈重要了，對吧？」

他：「合作？呵呵，你覺得這個世界上有合作嗎？」

我：「合作不是到處都有嗎？沒有合作，哪來的社會？」

他重新坐了下來：「我問你個問題，你觀察過小孩子或者小貓看這個世界的眼睛嗎？」

我稍微想了想，說：「小孩子和貓的眼睛都很漂亮啊，怎麼了嗎？」

他：「小孩子看這個世界的眼神和貓一樣，都是不動的。他們會把注意力集中在某個虛無的點上，只集中在很小的一塊區域裡。比如說眼前的一個線球，或是一個玩具。他們看什麼都是這個眼神。你知道這意味著什麼嗎？」

我：「視野大小的問題吧？」

他：「不是，這不是視野大小的問題。在小孩子和貓之類的動物眼裡，其他東西是沒有生命的。或者說，他們根本就沒有『生命』這個概念。所有外界的物體，對他們來說，都只是『工具』而已。只不過有的工具是靜止的，有的是會動的。而且會動的工具往往相對來說比較危險，可能威脅到他們的性命。小孩子是沒有生命的概念的。他們把整個世界都『物化』了。」

我：「有這種事嗎？這個我倒是真的沒有注意到過。」

他：「本來就是這樣。在還不怎麼會說話的小孩眼裡，整個世界都只是他的工具。從他們的視角去看，這些工具只是分為有用的和沒用的而已。他們手裡的玩具或糖果是他發洩情緒的工具，他的母親是用來給他餵奶的工具，他的父親是給他送玩具的工具，整個世界都是他可以利用的『物體』。」

我：「那是因為小孩大腦發育還不完全吧。」

他：「你以為這種情況只有小孩適用嗎？每個成年人都是小孩發育過來的，說到底，在人類的基因裡，就刻著別人只是自己的工具、把外在物物化的本能。為什麼古代女人地位低？因為男人就是把女人當成生孩子的工具而已。不是他們不尊重女人，只是因為在他們眼裡，女人就是沒有生命的東西。很多罪犯也是一樣，為什麼很多搶劫犯搶劫、小偷偷東西沒有羞恥心？因為在他們眼裡，路人就只是帶著錢的工具而已，就像長著果實的果樹一樣，只不過這棵果樹有點危險，一不小心自己摘果子的時候也會受傷。但是他們就算失敗了，也是不會愧疚的，因為在他們眼裡，別人只是『會動的物體』、『會動的一堆肉』而已，就像機器一樣，壞了也無所謂。」

我：「但也有些行業不一樣，比如心理師，是吧？」

他：「怎麼不一樣？一樣的！對他們來說，心理學的知識只是他們用來從叫『病人』的提款機裡拿錢的密碼而已。統治階級也是一樣，在統治階級眼裡，每個人都只是一臺社會機器的齒輪而已，只要機器能順利運作就行了。為了保持機器正常運行，替換幾個壞掉的齒輪，或者自己不想要的零件，那是很隨便的事。統治者眼裡的世界，跟小孩子沒有什麼區別。他們也把這個世界『物化』，只不過玩得更高明罷了。」

他喝了口水，繼續說：「你在網路上發文，在群組裡發言，在論壇發話，一個不小心就會被禁言，被封鎖，被刪文。因為在管理員眼裡，他們可不管你說了什麼至理名言，你對他們來說，只是一個會帶來各種不確定因素的『工具』而已。他們可不管你這個人身體裡有沒有靈魂，他們只看你對他們有沒有用，能不能透過實際行動讓他們爽，進而激發他們那自私基因帶來的基因繁衍優越感，和對外部世界的資源控制的安全感。而且，人是把控制權和基因優勢劃上等號的生物，人會覺得自己有了許可權，能控制外物，自己就有了基因生存優勢，顯得自己的基因優秀，比別人更有價值，更能吸引異性。真他媽的噁心。」

我：「但是人也不都是做自私行為的，不是嗎？而且，如果你非要說一切都是為基因生存有利，也不是對的。比如說，虐童癖、同性戀。而且，還有玩遊戲、閱讀、宗教苦行人士，不都是沒法用有利於基因生存來解釋嗎？」

他：「笨蛋。誰告訴你基因為了對自己有利，做出來的事就一定是正確的了？基因又不是人，它自己是沒有智商的，它只知道滿足自己眼前的激素分泌數值，進而滿足自己的快感。你知道嗎？基因生存的自私利益，是可以導致錯誤結果的。虐童癖是因為小孩細皮嫩肉，讓人想起小女孩，進而想侵犯；基因是控制著人腦對細皮嫩肉的個體的反映，它只知道小孩子細皮嫩肉，它不會去思考對方是男性還是女性的！原始人時期女性都留長髮嗎？那時候的女人和男人是很難區分的！還有同性戀，根據我的研究，同性戀說到底也是為了基因的延續。你想想，如果同性之間只有競爭感情，沒有欣賞感情，那麼丈人怎麼會把自己的女兒嫁給女婿？同性戀，說到底就是為了保證丈人會對女婿感興趣，把女兒嫁出去才存在的！還有玩遊戲，說到底就是動物小時候生存訓練的延續而已，貓和老虎都喜歡虐待、玩弄比牠們弱小的動物，這是為了訓練牠們的生存本能，人類只是這種進化心理留存了下來，錯誤移植到了虛擬遊戲的領域而已，其實這是不利於基因生存的，但是基因沒有智商，它還是用幾百萬年前的方式思考，把虛擬世界當真，以為自己玩電動遊戲也是在生存訓練呢！

「還有閱讀，看你看什麼書了。男人不是大都喜歡看那種寫後宮三千的網路小說，女人還不是喜歡看情情愛愛的都市文章？說到底都只是自己現實裡的基因求偶欲望滿足不了，拿閱讀發洩而已！還有宗教人士，就拿苦行僧來舉例吧。苦行僧苦行，說到底還不是為了得到善果，為了得到救贖，跟著上帝去天堂？還不是為了他們虛構出來的更大利益，只是基因被欺騙了而已！」

我：「可是也有頂客族啊。」

他：「頂客族就是基因操控的錯誤而已。頂客族之所以頂客，說到底，絕大多數都是生存壓力太大，或者沒能力找合適的對象而已，基因不得不選擇了先滿足生存本能，而放棄了繁衍本能。很多頂客族都是一開始說自己是頂客族，但到了中年，還是忍不住想要後代的！但是這其實是基因的錯誤選擇！都說了，基因是沒腦子的，它只知道滿足眼前的欲望，它不會想以後的！包括人類不也是嗎？人類也就只能看到幾年後的社會，誰知道幾十年後會怎麼樣？」

我：「但是這不就對了嗎？基因也可以被欺騙的。這說明人是可以擺脫基因操控的啊。」

他：「擺脫基因操控？呵呵。那麼你為什麼要擺脫？說到底，你想要擺脫基因操控的欲望，也是基因給你的。從基因自私的角度來說，任何生命體，都是不希望自己被別的生物限制，被其他生物控制的，因為那意味著落網，意味著死亡。所以，就連想要擺脫基因操控的本能和動機都是基因給你的，你用基因給你的欲望，去擺脫基因的另外一種欲望，不是可笑？

「再說到底，人類的好奇心也是基因給你的！人類之所以有好奇心，說到底還是為了在原始社會裡去發現新的資源！沒有好奇心，在缺乏食物的原始社會，人類怎麼有膽子去嘗試新的果實，怎麼敢去冒險、發現新的森林？這些都是基因給你的生存本能！所謂的科學研究，說到底是好奇心驅使，好奇心還是基因給你的！包括人為什麼會對紅色警惕心強，因為紅色代表果實，代表鮮血，代表危險，對生命很重要。綠色代表植物，也對生命很重要啊。人類能夠看到的七種顏色，說到底都只是對人類生存所需要的物體的顏色分類而已。不管是你的心理機制，或是感官機制，說到底都只是基因操控的，是基因給你安排好的！」

我：「可是，至少從結果來說，有些人的行動還是無私的。」

他：「那也只是暫時的。現在的人的無私，都只是暫時的、不得已的，是臨時的東西！我看過的書裡說，完全無私的基因，在進化的初期就已經被淘汰了，無私的基因能存活的代數不超過三代！也就是說，早在幾十億年前，無私的基因就被淘汰得精光了！剩下的都是自私的，只不過學會了偽裝和互相利用而已！」

他開始繼續洩憤，之後，變得更加歇斯底里，更加狂躁。後面的話也不再像一開始那麼有邏輯了，他開始沒完沒了地列舉各種他所說的，把他人「物化」的事，大聲傾訴他對這個世界感覺到的絕望，而且還反覆地說他想死，他只是被一堆自私的基因交配產生的行走的自私機器罷了。

因為病人的情緒狂躁，看護人員前來把我拉走。離開房間的時候，我的心情非常地沉重。從某種意義上來說，這個病人真的不是有什麼因為生活壓力巨大而造成的精神疾病，他在某種程度上，真的是對這個社會看得太過透徹。

堅信每個人都只是自私的基因的容器的他，堅信這個世界上沒有親情，沒有愛情，沒有忠孝仁義，沒有友情；所謂的同情與憐憫，也只是一切自私的基因保護幼崽的本能，錯誤遷移到了別人身上而已。

對於那些把他人物化的自私的基因人來說，他人也是把他當成工具的自私惡魔。

所以，人人都可能傷害他，榨乾他，索取他，剝奪他的一切價值。

他人即地獄。

後來我看西方哲學史才知道，原來在過去，這樣的人實在是有很多。比如說，在笛卡兒的眼裡，動物就是沒有生命、沒有靈魂的機器而已。一輛馬車和一匹馬死了，車夫應該心疼的是壞了的馬車，而不是死了的馬。

過了幾個月後，這個患者的精神狀況才穩定下來，然後出了院。住院期間，他曾經不止一次想要自殺，好離開這個自私的世界。

他說，只有自殺的人才是真正的無私者，活著的一切都是自私。你喝了水，別人就少口水。你吃了飯，別人就少口飯。你住了房子，別人就被占用了本該享有的生存空間。一直到院裡有名的都教授在一次跟他促膝談心之後，他的狀態才恢復過來，並且逐漸好轉。

出院時，我詢問他狀況如何，他笑了笑，什麼也沒有說，只是和我拍了張合影，爾後就抖了抖衣服，向著風中走去。

那時我並沒有感到什麼異常，直到很久之後，當我回顧與他的合影，才感覺到了一絲的不對勁。

因為照片中的他的眼神，依然讓我想起那天我和他在病房的那番對話。他的眼神，依然讓我感到不安，總是會朦朦朧朧地想到什麼。

但是我卻始終想不起來。

幾天後，我經過家附近的社區時，看到一隻正在按揉地上塑膠罐的白貓時，我才恍然大悟。他那天和我對話時的眼神，和貓一模一樣。

回到家後，我腦海裡浮現而出的，是貓和他的眼神，還有沙特在《密室》裡的那番話：「在這一生裡，我們是被他人界定的，他人的凝視揭露了我們的醜或恥辱，但我們可以騙自己，以為他人沒有看出我們真正的樣子。」

也許，對於那天在病房裡雷霆大作的他來說，我的存在，其實也不過是被他物化的一臺傾訴工具而已。

腐化的人生

「都教授」是我們醫院裡的名人。「都教授」本身不姓都，他也不是教授，只是一個普普通通的高中數學老師。從外表來說，他除了長得比較平易近人之外，也沒有什麼特別之處。當然，比起一般人，他也更注重個人衛生和服裝穿戴，但是，也遠遠沒有到沾染一點灰塵就反覆去除塵的程度。

我們叫他「都教授」，是因為他幾乎什麼都知道。不管是天文地理，還是人文歷史，他都能夠侃侃而談，非常神奇。他自己經常掛在嘴邊的口頭禪也是「算是知道一點」。但是事實上，我跟他接觸這麼多次以來，就沒有他不知道的話題的。科學哲學方面，不管是近期的數學獎得主，還是聖塔菲研究所和Deepmind公司的成果，他都知道。而人文方面，不管是章太炎家族的變遷史，還是聶榮臻元帥和原子彈發明人姚桐斌的家族史，他都能夠有條有理、邏輯清晰地道來。

除此之外，都教授厲害的還是他的炒股能力，除了二〇一六年五月分在股市上虧損了五十多萬之外，他之前一直都是順風順水，據說賺了五百多萬。當然，最讓我們敬佩的是，這位都教授有一種神奇的本事，就是可以編造出一個邏輯極其嚴密的世界觀，並且用他所編造的這個「世界觀」來駁倒，甚至糾正其他病人的「世界觀」。曾經有一些在開放式病房的抱有執念的病人，在和他促膝談心之後沒有多久，病情就神奇地減輕了不少，甚至還有一些病症完全消除了。因此，有時候，我們會很樂意和都教授閒聊，也很樂意讓他來藝術治療中心，幫忙開導一些思想、觀念上轉不過來的患者，算是一種輔助的治療。而都教授本人也對此非常感興趣，甚至極為主動。

都教授住進院內的原因是強迫症。根據他自己的描述，他從十六歲起強迫症就已經比較嚴重，最嚴重時甚至頭暈目眩、嘔吐不止，躺在床上難以動彈。後來吃了很多西藥和中藥，做了心理諮商，狀況才漸漸轉好。

和他初次見面的時候，我還是個實習生，當時我曾經問他，他強迫症的表現。「您說的強迫症，是什麼樣的表現？」

都教授：「呵呵，強迫症嘛，顧名思義，很好理解，就是如果不去做一件事，就會渾身難受。我以前年輕時，就已經有這種症狀，特別是高中時期，情況最嚴重。」

我：「那是什麼原因引起呢？觸發你強迫症的東西是什麼？」

都教授：「其實就是時間。那是我在高中時候吧。那時我也每天上晚自習，一般都是三節課。當然，那時候的管理沒有現在這麼嚴格，很多學生，除了住校的學生之外，其實都沒有那麼刻苦。很多人都很隨意，我算是比較認真的。而且說出來，恐怕你也很難想像。」

我：「怎麼認真呢？」

都教授：「我對時間的把控非常嚴格。可能你很難理解，但是我對每一門課的複習時間控制都要非常精確。比如說，九點鐘複習語文，那麼，一旦到了時間點，我就必須複習語文，哪怕只超過一分鐘，甚至一秒鐘，我都會受不了。我記得那時候我把四、五門課的時間都精確安排了起來，計畫到點就必須強迫自己複習，否則我在心理上就會受不了，難受到整個人都情緒狂躁、坐立不安。有時候，我可能在一道數學題上卡住一段時間，沒能及時把答案解出來，我的心態就會徹底崩潰。」

我：「心態崩潰？只是超出一點時間就會那樣嗎？」

都教授：「對。超出十分鐘，甚至五分鐘，我都會緊張到渾身僵硬。這種感覺一般人可能不會有，但是對我來說，我卻會這麼想：如果我在這道數學題上卡住了十分鐘，那麼我複習語文的時間就被耽擱、影響了十分鐘，一旦語文耽擱了，那麼其他的化學、物理，也都會耽擱。而今天的事情耽擱了，那麼我明天的計畫表也會被打亂，一旦明天的計畫表打亂，那麼我這個星期、這個月，甚至整個學期，整個高中階段，乃至整個人生都會被打亂。只要這麼一推導，我的大腦就會像爆炸一樣難受。呵呵。沒有強迫症的人，我想是很難體會這種感覺的吧。」

我：「雖然沒經歷過，但是仔細想想，也的確是很難受。」

他：「是啊。其實那時的症狀還算是好的，一直到了我研究所生涯結束後，我的症狀變得更加嚴重。博士班結束後，我的病情甚至影響到了工作。如果不是因為我的病，我可能真的會去當教授吧，後來錯過機會，當了個數學老師。再後來，實在熬不住了，只能進你們這兒了，呵呵。」

我：「哎，真是可惜了。像老師您這樣的人，真的應該在大學裡，才能發揮您的能力啊。」

他：「每個人的人生，多少都有點命運的戲弄成分在裡面吧？」

我：「老師你也信命啊？」

他：「想信的時候，為什麼不信？」

我：「聽說老師你對精神病患者很感興趣，你經常跟他們聊天，這是為什麼呢？我認識的人裡，喜歡跟患者主動聊天的人，真的不多。」

他笑了：「其實也不是什麼大不了的事。而且，我覺得你用患者這個詞來形容，也很不適合。很多所謂的精神病患者，根本不能算是病。有很多的精神病患者，在各種儀器檢查下都是正常的，但就是有精神疾病，這也是目前精神疾病原因不是很明確的原因之一。」

我：「這倒也的確是事實。可是，為什麼老師你對這一類人這麼感興趣呢？」

他：「因為，他們從某種意義上來說，都可能是一筆思想財富啊。正常人的大腦，思維的方式都是非常有限的。打個比方，你在一條河上撒上一些花瓣，大部分花瓣都會沿著主流走，最後向著大海的方向去。但是，卻也有少部分的花瓣會進入支流，或者在某個彎道打轉。人的思維也是這樣，普通人的思維，大多數都是進入大海的主流思維，但是，那些思維終究是無法知道所有河道的。所以有時候，與院裡的人接觸，你能夠發現思想這條長河裡一些不為人知的角落。」

頓了頓，他說：「我給你舉個例子吧。」

我：「嗯，您說。」

他：「有一個精神病，他坐在樹底下，望著頭頂的天空和樹上的果實，然後想，為什麼蘋果會往下掉而不是往天上飛呢？你知道這個人是誰吧？」

我：「當然是牛頓了。」

他：「對。可是你知道嗎？牛頓就有精神失常。他三十歲的時候就頭髮花白，得了自律神經失調，而且精神失常了。而且他的情緒經常有大幅度的波動，時而激動，時而又狂躁熱情。這些症狀，你應該知道，都是精神類疾病才有的吧？特別是自律神經失調，是典型的緊張症、疑病症、焦慮症之類的症狀表現。所以，牛頓就是個精神病。」

我：「真的？原來牛頓還是個精神病？」

他笑著說：「還有一個『精神病人』。有一次，他乘坐手扶梯，突然想，如果我在手扶梯啟動的時候向上走，那麼我的上升速度，就是電梯加上我的行動速度了，不是嗎？」

我：「是啊。根據高中物理，是這樣，速度疊加了嘛。」

他：「可是，我們試想一下，假如這個人的手臂上有一隻螞蟻，也在他向上走的時候，沿著他向前伸出的手臂開始向上走，那麼這隻螞蟻的速度，是不是也要加上電梯的速度，再加上人向上走的速度呢？」

我：「嗯，那是肯定的吧？」

他：「可這樣問題就來了。假如這個電梯很大，人也是個巨人，那麼，螞蟻腦袋上的一個細菌，細菌身上一根鞭毛，鞭毛內定向移動的分子……是不是速度也可以一直疊加上去呢？如果速度一直可以疊加上去，那問題自然就來了，速度是不是可以達到無限？按照經典力學，速度是可以一直加上去的。人的上升速度可以加上電梯的上升速度。按照這個原理，只要我不斷地疊加物體，速度就可以一直快下去，一直到無窮大。可是很快，這個精神病人卻發現，現實裡並不是這樣的。事實上，速度在達到了光速這個上限後，就沒有辦法繼續疊加了。也就是說，靠電梯上疊人的辦法，怎麼快，也是沒法超越光速的。」

我：「這個……這個故事我倒是沒有聽說過。但是我猜這個人，是愛因斯坦，對吧？」

他笑著說：「對，就是愛因斯坦。據說愛因斯坦就是在乘坐電梯的時候，看著電梯幻想，在大腦裡做了思想實驗，然後發現了經典物理體系的漏洞，開始創建狹義相對論體系的。而且，愛因斯坦是一名潛在憂鬱症患者。事實上，歷史上極多數天才都有精神疾病。哥白尼、達爾文、安培、達文西、莫札特、康德、維根斯坦、貝多芬、米開朗基羅、伏爾泰、梵谷，都是如此。比起渾渾度日，只知道交配求職、奔波於柴米油鹽的普羅大眾，那些喜歡空想和幻想的人，才有可能真的在某個時刻發現這個世界的另外一個視角，或者已有的認知體系存在的漏洞。甚至可以說，你沒有精神疾病，那麼，你這輩子就和天才無緣了。」

我半開玩笑地嘆息道：「看來我這輩子就是個普通人了。」

他：「哈哈。」

我們都笑了起來，氣氛還不錯。

之後我跟都教授各自講述起了我們碰到過的奇怪病人。我給他講了一個害怕衣服的男人的事，而他則是跟我講述了一個，覺得自己的人生在不斷墮落的男人的故事。

我：「那是怎樣的一個人？」

他：「那可以說是一個悲觀主義到了極致的男人。他覺得，只要活著，所有事情就會變得愈來愈糟糕。」

我：「為什麼呢？」

他：「這麼試想一下吧。每個人都不是自己願意才來到這個世界上的，你在世界上有無數選擇，但是只有一個選擇是你無法主宰的，那就是你來到世上這件事。這是你父母主宰、強制安排的，沒有你選擇的餘地，哪怕你覺得這件事違背了你的意願，也由不得你，是吧？」

我：「嗯，這件事每個人都知道，這不是理所當然的嗎？」

他：「所以，換個角度來說，你的父母會生下你，一般會是在什麼時候？他們會在什麼狀況下生下你？」

我：「什麼狀況下？那一般都是結婚，有生孩子的需要的時候吧……」

他：「對。一般都是在結婚之後才有孩子。那麼，人在什麼樣的情況下才會結婚呢？」

我：「您指的是結婚要滿足的生活條件嗎？那肯定是要男女方感情不錯，而且有一定的物質條件吧。」

他：「這就對了。從客觀的角度來說，一個丈夫和一個妻子，會選擇生下他們的孩子，往往都是經濟狀況比較好，家庭條件能夠支撐的時候，對吧？所以說，你出生的時候，其實對你這個個體來說，就已經包含了一個隱藏條件，那就是你父母的生活狀況，在你出生的那個時候，一定是還可以的。至少對於絕大多數人來說都是如此，是吧？」

我：「這是肯定的。至少大多數情況下，沒有物質支撐，很少有人會考慮生孩子。」

他：「對，所以從大多數孩子的角度來說，往往他們生下來之後的一段時間，日子都是還可以的。孩子們不需要太為生活擔憂，所以很多孩子可以從小就過著衣來伸手，飯來張口的皇帝一樣的生活。因為從父母有錢才生孩子的理論角度來說，孩子會嬌生慣養，幾乎是必然的。」

我：「嗯，這麼說，的確也是有道理的。」

他：「所以從孩子的角度來說，他們會覺得自己來到這個世界上，就是來享受的，就是來當皇帝的。很多人在長大了之後，往往會覺得小時候的生活最快樂，最幸福，這也是很自然的。因為他的父母生下他，肯定是身體狀況和家庭物質條件都還可以的時候，但是他出生之後，這些可就沒有保證了。他的父母一天天老去，年紀一天天增大，工作能力一天天下降，各種身體狀況、心理問題和社會問題不斷開始積累；他周圍的生活條件，幾乎必然就是會惡化。」

我：「你這麼說，我倒是理解那個和你聊過天的人的想法了。他是認為，他生活的環境在不斷惡化吧？」

他：「對。聽說過莫非定律嗎？」

我：「莫非定律？聽說過啊，這個理論算是比較有名了吧。我記得莫非定律的說法是，當一件不好的事情發生的機率不是零的時候，這個不好的結果在事情不斷經歷的時候，總會出現。也有人說，就是任何事情都註定會向著不好的方向發展。」

他：「對。這個人的思想，就自稱是基於這個『莫非定律』的。他算是出生在一個中產階級的家庭，小時候生活富足，現在已經是個大學畢業生。但是這幾年來，因為新的產業浪潮和經濟不景氣，他父母的公司倒閉了。再加上這個孩子自己求職也不景氣，然後，他就想到了我說的那個想法。

「他覺得，一個人從出生那一刻起，生活環境就是在不斷地惡化。他覺得自己就像是一隻住在一顆不斷腐爛的蘋果裡的蛀蟲，隨著牠愈長愈大，周圍的蘋果肉卻只會愈來愈少，而且愈來愈腐化。而且，對於全世界的孩子來說，情況都是一樣的。他還說這是『人生莫非定律』。任何人的人生，從出生開始，就註定只會愈來愈糟糕，永遠不會變好。親人會不斷死去，父母會慢慢老去，自己還要為後代子女奔波勞碌，來到這個世界上，就是受罪。」

我：「這種想法也實在是太過悲觀了。事實上，人類社會千百萬年來都是這麼下來的。出生之後，透過自己的努力，是可以改變自己的人生的，不是嗎？」

他：「可他不那麼認為。按照他的說法，你剛才的這些話，都只有在古時候才可能。那時候沒有避孕措施，有欲望的時候必須要發洩，那麼一個女人懷孕了也是沒有辦法的。不管家庭條件好不好，都只能生下來。那時候不能計畫著生育。但是到了現代的社會，家庭就可以計畫著生育了。而且，在現代社會，想要找工作愈來愈難，社會階級也愈來愈固化。所以，『人生莫非定律』，也就是在現代社會開始變得更加強烈和明顯的。」

在都教授說完這番話後，我和他都陷入沉默之中。談論這麼悲觀而沉重的話題，我們的心情都算不上好。後來根據我的了解，都教授接觸過的這個病人，本身的確有點嬌生慣養的毛病。他是從小被寵大的，並不懂得吃苦耐勞，因為生活狀況不斷變差，他甚至想過自殺，覺得活在世界上沒有意義，人類的存在毫無意義，只是來苦海游泳。

我想，這也是他在思想上產生這種「人生莫非定律」的原因吧。

我曾經詢問都教授是如何開導他、糾正他的思想的，但是都教授並沒有和我提起這件事，他只是笑笑，沒有告訴我答案。

他隱晦地說：「我只是給了他一個人生的意義。」

再後來，我也看了很多佛教的書籍，當我看到佛教中對苦諦的解釋時，我不禁想起了都教授和我講過的這個病人。

也許，他真的已經在不知不覺中，參悟到了幾分佛性吧。

佛曰：「人生在世，如同苦海泛舟。」

以前，我只是簡單地把苦海理解為生活中的煩惱。但是想起那位「墮落人生」理論的病人，我卻對苦海一詞，有了更深的理解。
舉目而望，是為苦海。
回頭四顧，依然是苦海。
茫茫苦海，幾人能終得解脫？

一半天使，一半魔鬼

他是我比較早接觸的一位病人，而就生理上的表現來說，他的病情，也是我接觸過的病人之中最嚴重的那一類。在一次摩托車事故中，他大腦的右頂葉和右前額葉受到了一定損傷，雖然後來傷口癒合了，但卻因為細菌的感染而留下了病灶，最終導致了行為認知上的障礙。

而他的臨床表現如下：他從來不朝左側看，當左側有人叫他時，他會將整個身子向右轉動一百八十度，然後用右邊的眼睛看對方。吃蓋飯時，他只吃右邊的飯菜。穿衣服時，他只穿半邊。同樣地，穿襪子時，他也只穿右邊那一只。刮鬍子時，他只刮右半邊的臉；寫字時，從右邊向左寫。

我看過他的患者資訊，上頭是這麼寫的：林某，男，三十五歲，右撇子，配送員。五個月前發病，左側偏癱，右側基底核腦出血，右頂葉、右前額葉有病灶。治療後左側肢體關鍵肌肌力四到五級，簡短智能測驗（ＭＭＳＥ）：三十四分。經顱磁刺激術治療後，依然難以完成日常自我照顧，行走不穩，空間感知障礙。

和他進行對話時，他的精神狀況也不算好，呼吸顯得有些急促，講話時聲音也顯得含糊。他的舌頭是略微向右歪的，帶點中風的徵兆。

我：「這幾天感覺有好點嗎？」

他眼皮低垂，看起來像是要打瞌睡：「不好……一點都不好……我的半個身子，還是不受控制……」

我：「可是我之前看你畫人臉的時候，畫了一張比較完整的人臉圖。之前你畫畫時只能畫右半邊的臉，現在已經能畫出左半邊的完整人臉了，這說明你的情況在好轉。」

他吐著長舌頭，像是喉嚨裡卡了什麼東西：「不系（不是）！那不是我畫的！」

我：「你是說，那張人臉不是你畫的？是別人替你畫的，這個意思嗎？」

因為病情，他不能搖頭，只能心急地拍著桌子：「不是，我的意思是，右邊半張臉是我畫的，左邊那半張，是他畫的。」

我：「『他』是誰？跟你住同個病房的那個患者嗎？」

他指了指自己的左胸方向：「不是！是我身體裡的那個『他』……左半邊身體裡的！」

我意識到情況似乎比我預想的要更嚴重，於是我問道：「左半邊身體裡的『他』，是什麼意思？」

他精神極其緊張，手舞足蹈地說著：「我現在，只有半個身體是我的了！剩下的那半個身體，我已經沒法控制了。那裡面住了一個魔鬼，他在跟我爭奪這個身體，他要把我擠出去！」

我：「這是什麼時候開始的？能具體說說嗎？」

他淚流滿面：「一個多禮拜了。一個多禮拜之前，我只是不怎麼能感覺到另外半個身子的感覺，但是從上個禮拜五開始，我感覺到『他』開始醒過來了，這個魔鬼要開始跟我搶身體了。這個魔鬼在一天天變厲害，我馬上要撐不住了。」

我：「你別急，慢慢說，他是怎麼跟你搶身體的？」

他想了想，然後慌張地說：「一開始，是開始跟我走反路。我的一隻腳往前邁，他就操控我半邊的身體，故意把另一隻腳往後邁，然後我就沒法走路了，只能像劈腿似的，整個人慢慢在地上坐下來，最後還是別人把我抬到床上去的。」

我：「還有其他的嗎？」

他：「還有很多啊。畫畫啊，摺被子、拉窗簾等等啊。他什麼事都要跟我作對啊，一開始我感覺他還像個嬰兒，不太聰明，只能做一些簡單的動作啊，但是後來啊，我覺得他愈來愈聰明了啊。」

我：「愈來愈聰明？」

他：「是啊。一開始只是走路的時候跟我反著走啊，但是後來啊，拉窗簾的時候，我一隻手往右拉，他就把窗簾往左拉啊。再之後哦，我畫圖的時候，我在畫右邊半張臉啊，他就拿筆畫左邊那半張啊，而且畫得也愈來愈有模有樣了。再然後啊，我發簡訊的時候，他也出來了，我用一隻手寫字，他就用我的另一隻手把寫好的字都給一個個刪掉。他就是要跟我作對啊！」

我：「他經常出來嗎？還是只是有時候？」

他：「一開始啊，只是有時候，但是這兩、三天，他出來的次數愈來愈多了啊。我吃飯也沒辦法好好吃了啊，吃飯夾菜的時候，他就把我的一隻手伸直了，把盤子拿到我右手搆不到的地方。我沒法轉身子，怎麼也抓不到，最後只能餓著肚子啊。我好氣啊。」

我：「其他的呢？」

他：「還有刮鬍子的時候啊，他故意用我的手，把我的剃鬚刀打飛，就像小孩子鬧脾氣似的，真的受不了啊。」

聽著他的論述，我猶豫了一下，最後說：「要不，再做個CT吧？」

之後，他再次做了一個腦CT檢查，根據檢查結果來看，右側基底核腦出血情況有加重，這導致了他偏側忽略的症狀不斷惡化。如果再做一次經顱磁刺激術，或許可以改善他的情況，但因為之前也做過一次治療，效果並不明顯，所以患者的家屬對這件事非常猶豫。因為治療費用不低，而他的家庭狀況並不算好，加上治療存在著一定風險，患者並沒有在短期內立刻得到治療。而他的病情，則是在一天天地加重。

第二次到我的門診室來時，他已經無法正常走路了，而且半張臉上的肌肉也在抽搐著，就好像有人在他的臉上彈古琴。

剛坐下，他就開始掩面痛哭：「不行了。他愈來愈厲害了，那個魔鬼愈來愈厲害了，馬上就要贏了。醫生，我該怎麼辦啊，怎麼辦啊……」

我：「現在到什麼地步了？你還能感覺到自己另外半邊的身體嗎？」

他：「已經很難感覺到了，而且我右半邊的身體也開始慢慢沒有知覺，他開始搶奪我的身體了。我現在已經不敢睡覺了，每天晚上他都會變得更厲害，每天早上醒過來，我都會發現自己更難控制身子。我快不行了。」

最後，我又給他開了藥，說了一些安慰他的話。事實上，我也知道，器質性的病變，只靠說幾句好聽的安慰話，是沒有辦法改變病情的。

之後我見過他的家人兩次，都是來問他的病情能不能好，在我的勸說下，他的家人終於同意在一週後的預定時間，給他做手術治療。

可是，在手術前的第四個晚上，一件讓整個醫院都轟動的事發生了。

那天晚上，我在家裡睡覺，半夜爬起來接電話，我才知道醫院裡出事了。因為沒法忍受自己身體狀況日益惡化的事實，那名患者，最終上吊自殺了。

在死前，那名患者將自己的病房門給鎖死，還用床頭櫃堵在了門後面。

而且，也不知道是巧合，還是患者內心的真實寫照，患者的遺體下方，還散落著一大堆的畫。其中一幅畫，畫中的人不知是男還是女，有著一對不對稱的翅膀，右半邊是天使般的雪白，另一半邊，則是惡魔般的深黑。

而我也看到了他的遺體。那是我終生都忘不了的恐怖畫面。

他的臉上，竟然掛著完全不對稱的詭異表情。

他的右半邊臉，唇角微微向下牽扯，降嘴角肌拉扯到了極限，而且眉角下彎，沿著眉弓一路走，像是拱橋似的一直延伸到了眼角。依然睜著的眼中寫滿了恐懼，眼角還掛著未乾的淚痕。而他的左半邊臉，則是帶著一種惡魔般的猙獰笑容，那半邊臉的笑肌大幅度地向上拉起，從唇珠開始，一直向著左斜上方延伸，像是一把彎曲鐮刀，最後更是在唇角帶出了幾條褶皺，這讓他像小丑似的笑著。他的左眼也是笑得瞇起，因為笑得如此猙獰，他的眉峰也像浪頭一樣聳起，而眉頭下那一波三折的眼形，更是在眼角褶皺成了一個小鼓包，向外腫脹著。

那一刻，我心中產生的除了恐懼，還有無盡的唏噓。

我知道，無法戰勝惡魔的天使，最終選擇了與他同歸於盡。

他贏了，但他也輸了。

把太細的神經割掉　會不會比較睡得著
我的心有座灰色的監牢　關著一票黑色念頭在吼叫
把太硬的脾氣抽掉　會不會比較被明瞭
你可以重重把我給打倒　但是想都別想我求饒

你是魔鬼中的天使　所以送我心碎的方式
是讓我笑到最後一秒為止
才發現自己胸口插了一把刀子

你是魔鬼中的天使　讓恨變成太俗氣的事
從眼裡流下謝謝兩個字
儘管叫我瘋子　不准叫我傻子……

——〈魔鬼中的天使〉

世上最孤獨的人

他，大概是我見過最孤獨的人。

他的孤獨是從內心最深處散發出來的，這種孤獨感，不是物理概念上的孤獨，也不是物質生活或社交概念上的孤獨。

他是被他母親陪到我的門診室來的，進來的時候，我看到了他那張陰鬱的臉龐，失魂落魄，又有些頹廢，就好像是丟了重要的金融卡而變得魂不守舍。

我：「他怎麼了？」

病人母親：「事情是這樣的，醫生。我覺得我兒子最近不太正常，常常一整天都不吃飯，然後人也變得不開朗了，以前他這個人是很外向的，但是最近突然就像是中了邪一樣，變得鬱鬱寡歡。你也看到了吧？他現在這副樣子……」

我：「是啊……那你問他了嗎？到底是碰到了什麼事？」

她：「我問了，仔仔細細地問過了。其實，他這個情況，是因為相思病。」

我馬上明白了：「是有喜歡的女孩子了？」

病人母親：「是啊，而且，他說他失戀了。」

我：「失戀了？哈哈，年輕人嘛，沒有談戀愛的經驗，遇到點挫折，也是很正常的。這不算什麼問題，開導開導就好了。」

病人母親：「一開始我也是這麼覺得的。如果真的只是失戀分手什麼的，我也不會帶他來這裡了。」

我：「那到底是什麼情況呢？」

病人母親：「我一直在想辦法打聽他喜歡的那個女孩，但是我發現，根本沒有那個人。」

我：「沒有那個人？是不是人家也不好意思，所以故意規避了？」

病人母親：「不是，這個我不太說得清。你讓楓楓自己來說吧。」

楓楓：「媽，我之前就跟你說過，沒有用的。你們誰都不會相信我的話，帶我來這裡，根本沒意思。」

我：「沒關係，不管我們會不會相信，你先說給我們聽聽。說實話，我見過的人很多，他們之中有些人總是說一些很荒唐的事，被人當成有毛病，但是結果證明，那些人其實才是對的。你也不妨說說看，你到底是遇到了什麼事。」

他愣愣地看著我：「醫生，我問你，你有女朋友嗎？」

我一愣，然後道：「以前談過……感情挺好的。但是因為工作上的事，我們也沒有走在一起。」

他：「那她了解你嗎？」

我：「相處時間長了，肯定都對彼此有一定了解吧。至少，我們兩個人的興趣挺相近的，所以也很談得來。」

他：「那麼醫生，我想問你，你覺得這個世界上最了解你的人，除了你自己，是誰？」

我：「這問題有點像社會調查。不過，要說最了解我的，肯定是我母親，畢竟我是她養大的。我想你也是一樣，你媽媽一定也很懂你。」

他搖了搖頭，道：「她不懂我。其實，人和人之間，是沒法真正完全互相了解對方想法的。每個人總會有一些差別，比如興趣、愛好，比如習慣，比如家庭觀念、生活經歷等等。這個世界上，真正能互相了解的人，幾乎是不存在的。」

我：「所以說，交流特別重要嘛。人為什麼會說話、會表達？就是因為人和人之間有思想上的差異，對吧？這不是一件很正常的事嗎？」

他：「可是，那樣會很累很累。再怎麼交流，人和人之間的心，或者說，兩個靈魂，還是沒有重疊的那種感覺。」

我：「靈魂的重疊？這是什麼意思？」

他：「就是兩個人能夠完全發自內心了解對方。對方一個眼神，你就知道他在想什麼；對方突然出門去做一件事，你不用問，就知道他要去哪裡、去幹什麼。兩個人的感情，就像心電感應一樣，甚至比心電感應還要更強——兩個人，幾乎完全變成了一個人。」

我：「你是遇到了這樣的一個女朋友嗎？」

他：「其實……我媽媽沒說清楚。她不是我的女朋友，她就是我。」

我：「啊？哦，你是不是自己幻想出了一個女孩子，然後喜歡上了她？」

他：「不是我幻想的，她是真的存在。只是，她不是這個世界的人，她是另外一個世界的人。是另外一個世界的……我。」

我：「另外一個世界的你？另外一個世界是什麼意思？」

他：「一個幾乎跟這裡一模一樣的世界。我去過那個世界，那個世界的國家、城市，甚至是人，都跟我們這個世界一模一樣，沒有差別。那個世界也有我家，也有我的爸爸媽媽，但是他們生下的不是兒子，而是個女兒。據我所知，這是我們這個世界和那個世界唯一的區別。」

到了這一步，我終於徹底明白他要說什麼了。他認為存在另外一個世界，那個世界裡也有一個和他現在家庭一模一樣的家庭，但是在那個世界，卻沒有他，只有一個女孩。那個女孩替代了這個世界的他，過著和他極其相似的生活，甚至，那個女孩擁有著許多和他幾乎完全一樣的人生經歷。

我笑了：「如果真有那樣的世界，我倒是想去看看，你能帶我去嗎？」

他突然流下了淚來，然後苦惱地捂住了臉，說：「去不了了。去那個世界的通道已經關上了。已經關了半個月，我一直在想各種辦法去那裡，可是，怎麼都去不了……她再也過不來了，我也永遠碰不到她了。」

到了這一步，我知道，我已經很難說服他了。因為從邏輯上來說，我根本沒有辦法證明他說的「另外一個世界」到底存不存在。不管那個世界存沒存在過，那個世界和這個世界的連接通道都已經關閉了。那麼對於他來說，剩下的唯一能夠證明那個世界存在過的印記，就只剩下了他的記憶。

除此之外，再無其他。

一個已經不存在的東西，你怎麼證明它曾經存在還是不存在？從邏輯上來說，這就是無解的。

我：「那你最開始遇到她是在什麼時候？」

他：「八個月前吧。我還在讀大一的時候。大一下半年那會兒，我寒假回家，在穿過我家附近的一條老隧道的時候，我就那樣糊裡糊塗地去了她在的那個世界。那時候我去了她家，還以為是回到我自己家裡，結果，我被她的爸媽給趕出來。她爸媽跟我的爸媽長得一模一樣，可是他們卻說不認識我。後來，我摸索了很久，才發現原來那條隧道是往返兩個世界的關鍵。」

我：「八個月……那你怎麼跟她認識的呢？」

他：「我先是發現，穿過了隧道再回家，我的爸媽反應會不一樣。之後又走了一次隧道，才發現原來她是另外一個世界的人。於是我就去找她了。後來，我也把她帶到了這個世界來。那時，我們兩個人都很驚喜，覺得自己像是發現了新大陸。不知道為什麼，後來我去找別人，也想讓他們跟著嘗試，但是其他人卻去不了另外一個世界。好像只有我和萱萱做得到。」

我：「萱萱，是另外一個世界的你的名字嗎？」

他點點頭：「對，她叫萱萱。」

我：「那你們之間做了什麼事呢？」

他臉上的痛苦之色愈來愈盛：「很多很多事……寒假期間，我每天都會去找她，跟她比對兩個世界的不同。我們會互相把自己的經歷告訴對方。結果，我和萱萱都發現，對方的經歷和自己的有九成都差不多。萱萱跟我是同一天出生的，她的愛好跟我一模一樣。我喜歡打球，她也喜歡；我喜歡的漫畫、喜歡的小說、喜歡的音樂，她也全都喜歡。我和她的學習成績、讀書的地點、認識的人，很多也都完全一樣……只是她和班上的女生關係更好，我和男生的關係更好，這樣一點小小的區別而已。醫生，你說，這個世界上還有比這樣更了解你的人嗎？萱萱……她對我來說，真的已經不是一般關係的女朋友，也不是姐姐妹妹能夠比得了的。她就像是另外一個我，比雙胞胎還要親……我們的靈魂，就好像是共生的。有時候，我們連做的夢居然也都一模一樣。」

我：「雖然我不知道你的故事是真是假，但是我想試著去相信。我想，如果這個世界上，真的有那樣的一個人，我也會跟你差不多，一定會對她死心塌地。這種感情……大概已經超過愛情了吧。」

我不知道他的故事是真是假，但至少從他的表情看來，他並不像是在編造一個故事。不管他出現這樣的記憶，是由於什麼原因，但是至少有一點，我是幾乎可以確定的。

那就是，從他的角度來說，這一切，都是真實的。

他：「我們一起去電影院，一起去逛街。我們對服裝的品味都差不多。我們也一起去旅遊，一起去抽獎，一起去迪士尼樂園……甚至，同學會的時候，她還假裝是我的女朋友，故意去其他同學面前替我炫耀。萱萱也很漂亮……她跟我一起去同學會的時候，其他同學不知道有多羨慕我……也是同學會那天結束的時候，我正式向她告白。我說，我想跟她永遠在一起，而那個時候，萱萱也馬上答應了。因為她跟我的想法，也是一模一樣的。我們的想法那麼一致，我甚至根本不用擔心她會拒絕我……」

說到最後，他臉上的淚水就愈盛。他甚至沒有去擦臉上的淚水，好像完全沉浸於和她在一起的回憶裡，都忘了臉上的淚水。

我一生中，從來沒有見過誰對一個人，動情至此。

我：「你和她見最後一面的時候，做了什麼呢？」

他：「那天，我們一起去吃自助烤肉。逛商場的時候，我給她買了一塊玉佩……我把玉佩用紅線串起來，掛在了她的脖子上。我們兩人都沒有說話，那天夜裡下著雨，我們就那樣，一直散步到家附近的隧道前，就像過去幾個月那樣，在那裡分別。那時候，我只是默默看著她走進隧道的背影，甚至都沒有跟她道別，因為我們的關係已經好到根本不需要說再見了……可是第二天，我去那條隧道的時候，卻怎麼也去不了她的那個世界……這樣的事，從來沒有發生過，我急得不得了，可是，不管我嘗試多少次，都沒能成功。我在那裡轉了兩天，就是怎麼也穿不過去了……那時候我已經知道，通道關死了，我再也不可能見到她了。她已經走出了這個世界，也走出了我的人生……她甚至都沒有在這個世界留下痕跡……她，永遠只能活在我的記憶裡了，永遠……」

說到這裡，他再也忍不住，淚腺崩潰間，他更用力地掩面痛哭。一哭，就再難停下。

他的母親勸了他很久很久，我也安慰他很久很久，可是，一直到他離開，他的哭聲都沒能夠停下。

那種撕心裂肺的聲音，過了很多年，我都無法忘記。

那是兩個緊緊聯繫在一起的靈魂，被生生撕裂的聲音。

我不是他，永遠都不可能知道他經歷的故事是真還是假。雖然他的故事已經荒誕到了一定程度，足夠讓我認為那些都是他的妄想，可是事實證明，他並沒有妄想症等精神分裂的症狀。

不管他的故事是真還是假，我都相信，他那一刻滴落的淚水，是真實的。

那天離開時，他的母親也曾經輕輕告訴我，在她懷孕之前，她曾和丈夫約定過，如果將來有了兒子，就叫楓楓，如果有了女兒，那就叫萱萱。

這件事，他們從來沒有告訴過他們的兒子。

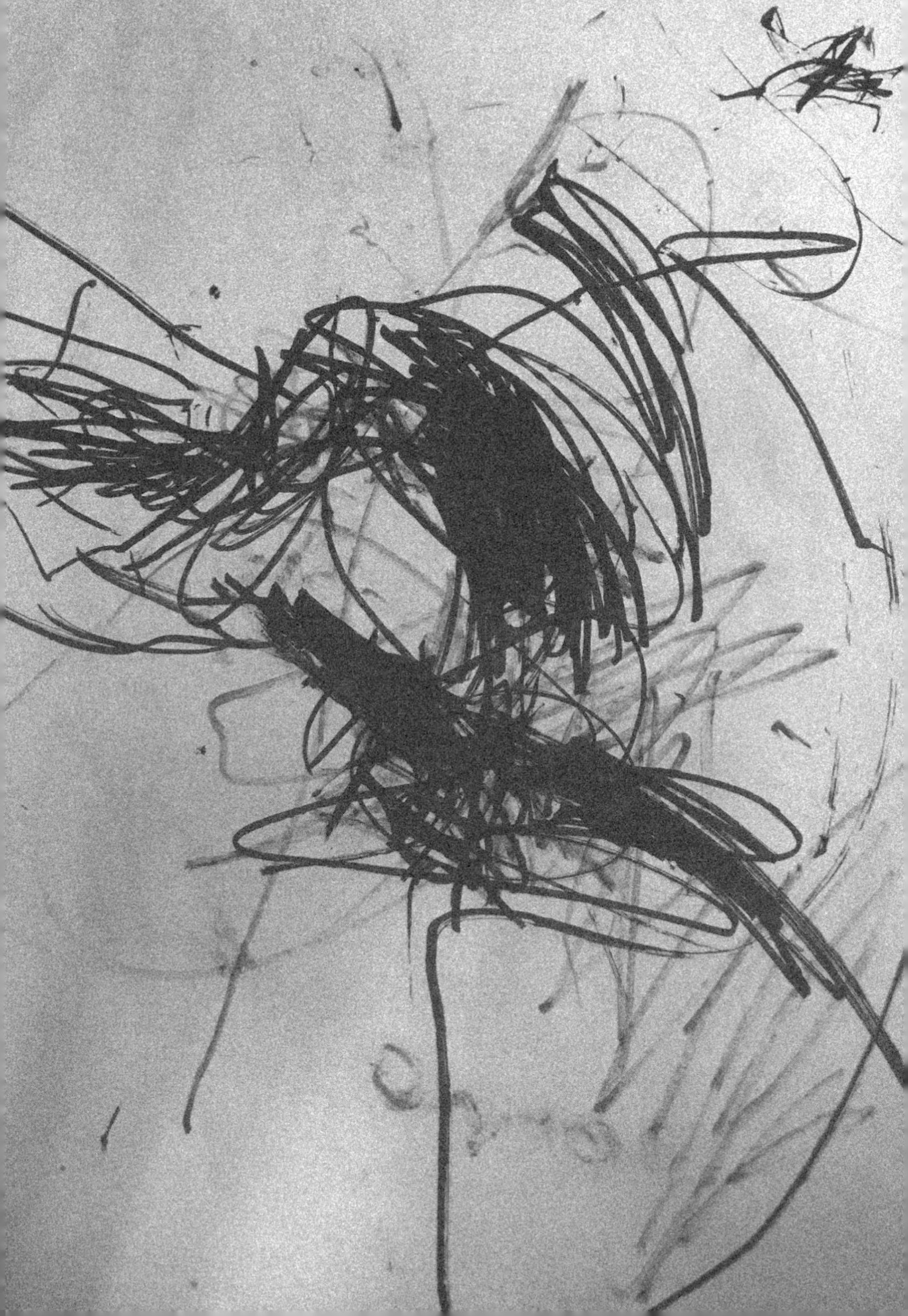

無法言說之痛

事實上，就精神病患者這個群體來說，存在社交障礙的人占了大半。我所記錄下的這些案例中，病人大都有著較好的表達能力，是我經過篩選的結果，但就事實來說，精神病患者群體之中，存在社交障礙的人，比例遠遠要比能夠爭吵交流的人要高得多。

而這些患者之所以存在社交障礙，絕大多數是因為有生理或者心理層面的疾病，比如憂鬱症、自閉症，都會導致患者無法正常與他人溝通，甚至封閉自我，沉浸在自己構造出的世界之中。

但是我這次接觸的這個人，他的情況卻有些不同。嚴格來說，他既不屬於心理疾病導致的內心封閉，也不屬於生理因素所導致的交流障礙。他之所以難以和人進行交流，純粹是因為他覺得自己無法正確表達自己的內心世界。

在我所接觸過的人之中，他是最難以溝通和交流的那一批，哪怕是和他說一句話，我都需要花費大量的時間。從第一次見到他，到能夠順利和他說上第一句話，就花費了我兩個月的時間。

從成功和他說上第一句話起，我就意識到他其實並不是不能說話。和其他真正存在社交障礙的人不同，他無法正常交流的原因，純粹是因為他的心裡有一道過不去的坎。這道過不去的坎導致了他的內心一直掙扎著，掙扎著要不要開口說話。

對於正常人來說，這似乎是很難理解的行為，但是在和他交流對話之後，我卻是漸漸明白了他的這種想法。

我：「今天感覺怎麼樣？」

他只是點了點頭，然後喝了一口茶。

我：「看起來神色不錯，應該是好些了。」

他：「……」

我：「看護員都說了，其實你能夠正常說話吧？為什麼不試著說說看呢？是因為不願意跟我交流？」

他搖了搖頭。

我：「你是不是有一些討厭的人？比如說，你看到某一類的人，就不想跟他們說話？」

他又搖了搖頭。

我就這樣和他僵持了一段時間，他的眉頭鎖得愈來愈緊，最後，他終於嚅動嘴唇，勉強開了口：「其實……是太複雜了。」

我：「太複雜了？複雜指的是什麼？你想要表達的內容太多嗎？」

被我這麼一問，他明顯變得焦躁不安了起來，我看到他的眼睛在左右轉動著，視線在桌子和茶杯上打轉，就好像在找什麼東西似的。

和他的交流真的非常不容易，對於常人來說，僅僅是一個很簡單的詞就能夠表達的概念，對他來說，卻要思考大半天。有時候，你今天跟他說的話，可能他要等到第二天才能夠想到一個確切的詞來答覆你。他就是這樣一個人，你不能主動要求他去做什麼，只能等他自己走出心的迷宮，慢慢適應你的節奏。

他：「說不清楚……可以打個比方……」

我：「嗯，你說。」

他：「閉上眼睛的時候，你能看到什麼？」

我：「閉上眼睛的時候，不就變得一片漆黑了嗎？還能看到什麼？」

他：「不是，你試試看……試試看……閉上一次就知道了……」

我不太明白他的意思，但還是按照他的建議，閉上了眼睛。閉上了眼睛之後，我馬上就收回了剛才說的話。的確，人閉上眼睛之後，視野裡是接近一片黑暗。但是事實上，也不是完全的黑暗，而是有很多的光點在閃爍著。

他：「閉上眼睛後，是不是能夠看到很多光點？」

我睜開了眼睛，點點頭：「嗯，是能夠看到很多的光點，有點像是電視機螢幕上的雪花的那種感覺，對吧？」

他連連點頭，臉上露出了被人理解後的欣慰笑容，說：「對對對，就是這種感覺，你能看到吧？」

我：「是啊，就像是無數閃爍的小沙子。這個好像是光線在人的視網膜上的影像殘留吧？可是這又能夠說明什麼呢？」

他：「如果我要你把這些光點畫出來，你做得到嗎？」

我一下子被他給問住了。我重新閉上眼睛，感受了一下我所看到的那些斑斑點點的光粒，然後重新睜開眼，搖了搖頭：「太多了。太亂、太複雜了，根本畫不出來。」

他：「對吧？我說了，太複雜了。你現在，已經接近我的感覺了。」

我的大腦就像是被人打了一錘一般，整個人震顫了一下。因為就在這一刻，我發現我已經有些了解到他的感受了。

他：「如果你閉上眼睛，盯著其中幾個光粒看，會發現它們在抖動、在閃爍……每一秒都和前一秒的樣子不一樣。」

我點點頭：「是這樣的。所以我覺得要把它們畫出來是不可能的，每次我盯著其中一些光粒看，想要把它們的樣子給記下來，它們就已經改變了形狀，變成了新的光粒，不論是形狀還是位置都已經改變了，我只能重新再去記憶這一秒的光粒，可是就在我想這麼做的時候，這一秒的光粒，也已經被下一秒的光粒給取代了……這種感覺……就好像是……」

他：「賽跑。」

我：「對！就好像是在賽跑，追一個永遠比你快一步的人，每次你覺得自己能夠追到他、超過他了，可是他卻偏偏要比你快那麼一步，讓你怎麼也追不上。」

他的表情變得輕鬆了起來：「你有點懂我了。」

我：「你想表達的意思是，你想要表達的那些內容，就像是閉上眼睛看到的那些光粒一樣，太複雜，所以表達不清楚嗎？」

他：「差不多。你再閉上眼睛，能想像出你母親的容貌嗎？」

我：「當然能啊。」

他：「能畫出來嗎？如果我現在給你紙和筆的話。」

我一下子愣住了，因為被他問的這一刻，我才突然意識到，雖然我和我的母親相處了幾十年，我也很清楚她的面容，但是想要把她的臉畫出來，卻竟是那麼地困難。

他：「如果這個世界上沒有照相機，然後你母親有一天突然去世了，你能靠你的記憶把她畫出來嗎？」

他的提問直接刺到了我內心的痛處。因為很顯然，如果他說的事真的發生的話，我覺得，我恐怕是做不到的。

他：「是不是畫不出來？就是這種感覺……很多時候，你覺得你很熟悉一個東西，覺得你好像是理所當然知道它的，可是要把它畫出來的時候，卻根本做不到。」

我：「可是，這並不影響人正常交流吧？很多時候，大家表達一個意思，也都是模糊著，不一定就有那麼清晰的圖像吧？」

他的情緒變得低落起來：「但是難受……我說話，就難受……」

我：「難受……」

他：「每次我要說話，都會很痛苦……就好像畫畫……我要很拚命很拚命地去回想一個人，把他的樣貌在腦海裡，仔仔細細地畫成一幅畫，才會覺得舒暢一點……不然就會像便祕一樣，很難受……太難受了……我做不到像你們那樣輕鬆……」

我：「你以前不是這樣的吧？是發生了什麼事讓你變成這樣呢？或者說，是什麼契機讓你變成這樣？」

他：「我想不起來了……已經有好幾年了。一開始情況不算太嚴重，但是現在，我已經不想說話了……真的不想說話……不管我想說什麼，一想到我要說的東西跟我說的時候已經有一點點不一樣了，我就不舒服……我們永遠只能接近要說的對象，但是永遠追不上……這太難受了……難受死了……」

經過多次的檢測，他的大腦並沒有腦外傷、腦腫瘤、腦部炎症之類的器質性病變，也就是說，他的這種情況，純粹是一種心理上的障礙。但無論如何，我們都沒有辦法讓他擺脫這種交流障礙。這是一種交流上的強迫症，對普通人來說，一輛車只要在收費站繳了費就可以通過收費通道，順利地衝上高速公路，但是對他來說，收費所需要的手續，實在是太複雜了。

對他來說，這個世界上所有的一切都是稍縱即逝的。他想要表達的東西，永遠都只存在上一秒；他想要抓住這一秒的事物，可是他的手卻永遠只能伸向未來，所以他永遠徘徊在過去和未來之間，卻永遠也抓不住此刻。

這一刻所清晰的一切事物，都在他手裡，稍縱即逝。就像龜兔賽跑中，烏龜永遠追不上兔子。

我想起了孔子的弟子顏淵曾說過的話：「瞻之在前，忽焉在後。」

也許，千百年前，顏淵早已經有過他的感受了吧。

世界是外套

現代的腦科學研究普遍認為，人類的大腦有一個思考限制器。

對於一些想不通的反常事情，人類首先會尋找一個自己記憶中類似的現象來進行解釋。比如說，當你抬頭看向星空時，看到天上有一個紅點在漂浮，一般人首先會認為那是飛機或孔明燈，又或是其他的飛行器，直到當你一一排除各種可能性都無法解釋眼前的景象，你才可能會猜想那是外星人的飛船。

但是，如果有些現象是長期存在的，每天都伴隨著你，但是你卻一直都想不通，那麼，你的大腦又會怎麼樣呢？

研究結果表明，對著這些每天都伴隨著你，卻又無法解釋的現象，人類的大腦會被迫接受，甚至主動將其忽略，變成一種自然而然的事，甚至放棄去思考和探究其根源。

比如說，我們生活中最常見的一個問題，人腦就是以忽視的方法來處理的。

這個問題，就是：我為什麼是我？

為什麼我不是個外星人，出生在其他星球？為什麼我是這個國家的人？為什麼我是個男人，不是個女人？為什麼我不是百萬富翁的兒子？為什麼我會活在二十一世紀，而不是其他世紀？

這個問題，不單單是古往今來各種文學家、科學家、哲學家常常思考，就算是普通人，在一生當中，也會常常思考它。但是，卻沒有人能夠想通這個問題。佛教用輪迴、業報的方式，來嘗試解釋人這一輩子享的福和受的苦難。佛教說，你這一生中所受的苦難，是你前世做的罪孽所決定。雖然對於一些人來說，這種解釋很荒誕，但是事實上，這種說法，也得不到否定。

也許，這個世界之外，真的有那麼一臺電腦，精準地記錄下我們這一生中的各種罪孽，然後根據這一生的表現，來給你的來世安排經歷呢？

不管如何，科學都是無法解釋「我為什麼是我」這個問題的。這個問題不屬於科學的範疇，因此，也被列為科學不管如何發達，都永遠無法解釋的問題之一。

其他類似的問題，還有為什麼一加一等於二、六百萬年後行星會在哪裡、生物的共同祖先是什麼、電子是什麼樣、我們是在宇宙內部還是宇宙外部等。這些，都是科學無法解釋的。這個時代，科學的概念已經深入人心，甚至已經有很多民眾對科學奉若神明，認為只要科學發展，將來就能夠解決一切問題。但事實上，科學是一個很狹窄的圈子，它就像擠在小巷子裡行走的胖子，處處碰壁。很多問題，科學永遠無法解釋，但是人腦的好奇心卻又想要得到滿足，於是，人類才會建構出種種宗教神話來進行解釋。說到底，宗教或者一些神話，都是針對人腦思考空缺區的一種填充，它本身是有存在需求的。

那些認為宗教愚昧的人，事實上，也不得不承認科學的無能。

「我為什麼是我」這個問題，很多人在年幼的時候都會思考。在初中、高中階段，可能這一類想法出現的時間最為頻繁，但是隨著年紀的增長，這類問題卻出現得愈來愈少了，原因很有可能是他們已經習慣了，或者因為久久思考也想不出答案，最後失望而放棄了。就像做數學題，有的人想破頭也要解出來，哪怕花費一個小時、十個小時、一個月、一年，都不會放棄。但是有的人，這道數學題太難，就索性跳過，去思考其他更簡單的問題了。

而這次的這個對話者，他就是一個極其頑固的「解題者」。他孜孜不倦地思考，不管如何，都想要找出一個關於「我為什麼是我」的答案。

他：「你做過這樣的夢嗎？在夢裡，你是個胖子，被卡在一條很長很長的小巷子裡，不管向前還是向後，你都只能看到遠處一條細細的縫。那是明亮的出口，但是那個出口實在太遠太遠了，你幾乎看不到走出巷子的希望。你被壓得喘不過氣來，想挪動一下都很困難，你張開手臂，想要向上爬，但是牆壁太光滑，你伸直了手，卻怎麼也爬不出去。」

我：「我沒有做過你說的這種夢。但是，我倒是做過差不多的。我夢見自己被卡在公寓的夾層裡，周圍一片漆黑，我就拿著一個手電筒，在裡面爬。爬啊爬，也不知道該往哪裡爬，到最後，也沒有爬出去。」

他：「夾層很窄？」

我：「對，夾層很窄。樓層從上下向我擠壓過來，讓我幾乎喘不過氣來，甚至動一下都很難。」

他：「那倒也差不多了。不過，有幾次，我是真的做過那樣的夢。那些夢太真實，真實到我都快沒法呼吸了。在夢裡，真的是非常非常絕望，那種幾乎看不到頭，又沒法死去，只能在狹窄巷子裡被永遠困住的感覺，會讓人發瘋。哪怕之後醒來，回頭去想，都會讓人感到絕望。」

我：「你經常做這種夢嗎？」

他：「不算經常，但一個月也會有五、六次吧。做到那種夢的時候，我真的想死。但是，我不敢死。因為我覺得，那樣的場景，說不定就是死後的景象。」

我：「死後的景象？」

他：「人死後是什麼樣的感覺，誰都不知道吧？有人說人死了就沒有感覺了，但是誰能保證呢？也許，我覺得，我在夢裡看到的那條幾乎無限長的狹窄小巷子，就是我們出生之前的景象。那個時候，我們都在另外一個奇妙的世界裡，在那個世界，我們的狀態，就像是夾在巷子裡的那個胖子，拚命掙扎，拚命擠壓，拚命想找到出口。」

我：「這麼說，你信佛教，相信地獄、冥界之類的說法嗎？」

他：「不是。我說的不是地獄，也不是冥界。我說的是『非生命體世界』。你想想，我們每個人都是生命體吧？那麼，沒有生命的那些物體，感覺是怎麼樣的呢？比如說一塊木頭、一塊石頭，甚至一個分子、一個電子，它們如果也有靈性，那麼它們的感覺是怎麼樣的？或者說，你還是你爸的一個精子的時候，那時的你感覺到世界是怎麼樣的？」

我：「……沒法想像。至少以目前的學界來說，感覺這種東西，是要有感受器官的基礎的。」

他：「嗯。你說得對。但我是另外一種說法。我是說，假如每一個原子本身都是有某種靈性，或者類似意識的東西，它們也會有屬於它們自己的感受。」

我：「這我就沒法想了。這種事，怕是只有死後才知道了。你經常想這些東西，是嗎？」

他：「對。我經常想這些東西，學習的時候，工作的時候，總是會想到。我經常想哲學上的問題，『我為什麼是我』，這問題你應該也有想過吧？」

我：「這是肯定的。每個人肯定都會好奇吧？只是想多想少的問題。偶爾想想，其實也不壞，挺好玩的，是不是？反正都想不出個答案來。」

他：「你說的不太對。我覺得，這個問題是有答案的。就像你做數學題，一道題目很難很難，你中途放棄了，但不代表它沒有答案，只是歷史上思考這個問題的人，都沒有堅持到最後。」

我：「那麼，你堅持到最後了嗎？」

他：「已經差不多了。最近，我想到了一種可能性。」

我：「哦？是嗎，能說說看嗎？」

他：「說出來也無妨。答案很簡單，這個世界上，只有我一個人存在。」

他的回答讓我想到以前碰到過的一個病人。那個病人的想法和他類似，他也認為世界上只有他一個人存在，其他人不過是他的一次次重複輪迴、切換角色罷了，只不過每一次輪迴，他都會穿越時空回到過去，而且失去記憶，所以才會不記得。

於是我把我以前接觸過的那個病人的思想跟他闡述了一遍，但是他卻搖了搖頭，笑著說：「你說的這個人很有趣，但他還是有不周到的地方。那就是他的說法只能用來解釋生物，沒法解釋非生物。我的答案，還可以解釋非生物。」

我：「那麼，你又是怎麼認為呢？」

他：「其實答案很簡單。這個世界上只有我一個人，你們其他人，甚至其他動物、生物，還有其他的物體，像是建築物、服裝、沙子、星空，都只是我身上的汗毛，是我的一部分而已。我在這個世界的正中心，其他的東西，包括頭頂上的太陽、更遠處的星空，都只是我身體的一部分延伸而已，就像很長很長的頭髮，或者很長很長的手臂一樣。」

我：「你是說……天人合一那樣的思想？」

他：「有點像。但是天人合一這種說法太籠統了，還不夠詳細。很多時候，我就是這麼覺得的，這個世界就是只有我一個人。當然，這個『我』，是一個『大我』。這個『大我』，是把整個地球、整個宇宙包含進去的一個『我』，不是平常時候說的，人體那樣的『小我』。你可以把『大我』想像成一個因為穿得太厚而變成了胖子的人，這個胖子如果脫下了外套，其實裡面很精瘦。」

我：「可是外界的物體都不跟你接觸，你怎麼認為那些是外套呢？」

他：「你說的接觸，只是皮膚接觸、骨肉相連這種宏觀上的接觸啊。難道你和其他物體的引力作用不是一種接觸嗎？只是你自己感覺不到而已。你釋放熱量，整個房子的溫度其實都上升了，你和整個空間都是接觸的。」

我：「可是更遠的星體，總不行了吧？」

他：「也可以。因果，也是一種接觸。你可以把物體和物體之間的因果看成是一條條的線，把你們連在一起，就像神經、血管一樣。你和石頭，和地球對面的一粒沙子，你和太陽，都是因為因果線連在一起的。甚至，連空間也可能是接觸的皮膚筋膜。不是也有理論說，空間是黏稠的一塊嗎？」

我：「不過，這種聯繫，感覺實在是太弱太弱了。靠人的身體是沒法感覺到的。」

他：「可我要的不是什麼感覺。我要的只是一個解釋，關於這個世界的解釋，關於『我為什麼是我』的解釋。」

我：「可是你的這個說法，只能解釋『大我』吧？你還是沒有辦法解釋『小我』的問題，不是嗎？」

他笑了：「這個很簡單。只要承認『小我』是由『大我』決定的就行了。因為『大我』裡的各種物體的因果線相互交織，產生了一個綜合的作用，這些綜合作用的結果，就決定了『小我』

的樣子。就像你玩撞球的時候，球相互碰撞，最後決定了其他球的狀態。宇宙也是一樣，這個宇宙註定只有一副固定的長相，所以『小我』，也就只有我現在的樣子。」

我：「那你死後，怎麼辦呢？」

他：「放心，『小我』是不會死的。因為如果它死了，『大我』會再造一個出來的。改變的只是『小我』自身有的記憶而已，但是小我本身不會消失。」

我：「說到這裡就有點深奧了。」

他：「其實不深奧。你買過礦泉水吧？有時候，礦泉水瓶裡有一個氣泡，不管你怎麼晃動瓶子，那個氣泡始終存在，在水裡滑上滑下，一下子到瓶底，一下子到瓶口，就是沒法消失掉。『小我』，就是那個怎麼也消失不掉的氣泡。而『大我』，就是包括了整個瓶子和瓶子裡的水的大環境。」

我：「呵呵，這麼說，倒是相對容易懂了。」

他：「其實本來這個問題就沒有那麼複雜，只是我們想得複雜了。」

我：「可是，從我的角度來說，我覺得，你才是外套上的一根毛，這怎麼說呢？」

他：「那又怎麼樣呢？反正只要我認為世界上只有我一個人就行了。你這樣的『毛』，只是長相跟我差不多，功能跟我差不多，但是靈魂的地位，是永遠不如我的。我才是中心的那個我。」

在我接觸過的形形色色的人之中，他的思想並不算是最奇特的。但是要說對一個簡單哲學問題的鑽研度和執著度，他卻算得上是最高的。

而事實上，歷史上也有和他思想類似的哲學家。

德國哲學家海德格和後來的法國哲學家梅洛龐蒂就有類似的說法。他們認為，人是嵌入這個世界的，存在不是一個孤立的主體面對著一個冷漠的客觀世界，存在是在世界中的存在，同世界是一體的，相互關聯的。

在這裡，沒有主體和客體的劃分，主客的界限是模糊的。人從一開始就處在世界中，同世界渾然一體、不分軒輊。

生存是在深淵的孤獨裡。

——海德格

逼出本我

需要事先申明的是，我沒有接觸過這篇案例中的病人。這個病人是我的一位心理師同事告訴我的。其中的很多細節我已經記不太清，但是這個案例本身卻給我留下了很深的印象，以至於很多年之後，我依然無法忘記這個案例，因為它對我的世界觀的衝擊，實在是太大。

心理師：「說實話，在和他說話之前，我從來沒有那麼深入地思考過關於『我』的問題。」

我：「關於你的問題？」

心理師：「『我』，加引號的『我』。抽象概念上的『我』。在了解那個人的經歷之後，我的確感觸很深。」

我：「我沒見過你這麼感慨的。其實你這個行業，見過的怪人肯定比我多。」

心理師：「是比你多。我甚至還做過犯罪心理諮商，接觸過不少心理異常的罪犯。比如說，有一個罪犯，他殺了三個女性，原因只是因為她們身上的香水刺激了他。他其實對那幾個女人一點興趣都沒有，純粹是因為她們身上的香味激發了他殺人的欲望。還有更奇葩的，比如說，有一個做倫理學研究的教授，他純粹是因為想做兒童發展心理學方面的研究，就花了幾萬塊錢，從偏遠地區買了三個女嬰，養在自家的地下室裡，一直養了七年，幾乎就是把她們當養豬一樣飼養。一直到了七、八歲，其中一個女孩都不怎麼會說話，剩下的兩個女童，其中一個世界觀是完全扭曲的，她甚至認為外面的人類世界已經因為病毒感染毀滅了，她爸爸把她關在地下室裡是為了她好。剩下的一個女孩，甚至都不知道男女性別差異，她覺得男人的身體才是完整的，女人天生就是有缺陷、有疾病，是少了器官的怪物，會傳染給別人。那個教授後來肯定受到了嚴懲，那三個女童的下場，真的讓人同情。」

我：「這個世界上還有這種人渣？」

心理師：「奇葩的人多了去了。我們這個社會機器能夠照常運行，就是把這些人排除在了外面，但是你不能否認，這個世界上，有時總會出現這樣的進化失敗品。」

我：「後來那幾個女孩怎麼樣了呢？」

心理師：「很慘，雖然被人收養了，但是她們的一生差不多也廢了。因為她們從小被灌輸的，就是幾乎和這個社會完全顛倒的思想和世界觀，比如說，怎麼當一個好的女僕，怎麼伺候好她們的爸爸，甚至，那個教授教給她們的用詞都是錯誤的，比如說把爸爸叫成主人，還告訴她們人是上廁所的時候拉出來的，甚至告訴她們在家的時候不該穿衣服，外面世界的人都是壞蛋，都是大灰狼，都是大惡魔……你說，這種世界觀教養出來的人，以後該怎麼生存下去？小孩從三歲開始，世界觀就已經開始漸漸成形了，到了七、八歲就會有一套比較慣性的思想體系，就算以後再接受正統教育，也會有很大的問題。那個教授根本不配做教授，他是徹底毀了那三個孩子的一生啊。」

我：「也不知道那種人是怎麼當上教授的。也許以後我有機會了，可以專門寫一本你訪問一些罪犯的心理訪談錄，我想那也挺有意義的。不過，你說這次這個人給你的思想衝擊更大，那這個人又是怎麼回事？」

心理師：「你有見過無緣無故想自殺的人嗎？」

我一下子被問住了。本來我想說我遇到過不少想自殺的人，但是想到他說的「無緣無故」這個限定條件，我還是搖了搖頭。

心理師：「我遇到的這個人，他就是無緣無故就想自殺。」

我：「為什麼呢？只是好玩？」

心理師：「差不多。但是按照他的說法，他是為了『逼出本我』。」

我：「聽起來，好像是信了某種邪教。」

心理師：「也不算是邪教吧，是他個人的想法而已。我問你個問題，你有沒有想過，當你在看一本書，讀一本書上的文字時，你的腦海裡會響起有人讀那段文字的聲音，或者你在看小說的時候，腦海裡會有個人在讀那本書。你覺得，那個人，會是誰？」

被他這麼一問，我的大腦就像是當機一樣，整個人都愣住了。因為這個現象實在是太普遍、太隨常了，隨常到在日常生活中理所當然的地步，一般人甚至都不會去深入思考這種事。也許，我小時候的確思考過這樣的問題，但是，這個問題對我來說，已經多少年沒有思考了？

心理師：「是不是乍一想沒什麼，但是仔細想想，會覺得毛骨悚然？」

我：「哈哈，的確。這個就是所謂的『心聲』吧？應該是一種人對自己記憶的調用。」

心理師：「這只是一種說法。但是，如果這種所謂的『心聲』，真的是你身體裡的另外一個人呢？只不過大多數時候，那個人都會聽從你的指令，比如你看書默讀的時候，他會給你默讀，就像個僕人一樣聽話。但是如果有一天，他不聽話了，你想要默讀《論語》的時候，他卻偏偏開始默讀《三國演義》，那該怎麼辦？其實你生活裡也應該碰到過吧？比如說，你默讀一本書的時候，一開始還記得自己讀到哪裡，但是很快你走神了，等你回過神來的時候，你發現你已經讀了好幾頁，自己都不知道讀到了哪裡了，腦海裡只剩下『我剛才的確在讀書』這麼一個粗淺的印象而已。」

我：「仔細想想，的確有點嚇人。」

心理師：「就是說啊。我說的那個人，他就是相信自己的身體裡真的有另外一個自己，或者說，他覺得一個人的自我，是可以被割裂開來，甚至可以進行對話的。」

我：「然後他就用自殺來割裂？」

心理師：「對，差不多就是這麼一回事。」

我：「不過用這種辦法就能逼出體內的另外一個自己嗎？我有點不能理解。」

心理師：「舉個例子吧，如果你走到一棟高樓的屋頂邊緣，你會怎麼樣？」

我：「如果我有懼高症，大概會兩腿發軟吧。因為再往前走就死翹翹了。」

心理師：「可是這裡有個問題，你從小到大都沒有從高樓跳下來過，沒有摔斷過腿，也沒有摔死過，你怎麼知道摔下去就會死呢？」

我：「就算沒有跳過樓，也聽說過別人跳樓自殺的吧。」

心理師：「那麼不說跳樓，就說你平常的跳高吧。如果我讓你從桌子上跳到地板上，你會跳嗎？」

我：「會啊。」

心理師：「但是如果讓你從兩層樓高的地方跳下來，你就會猶豫了吧？就算我騙你說兩層樓摔不死人，你也會害怕不是嗎？」

我：「嗯。」

心理師：「所以這就很奇怪了。就好像我們的大腦裡天生就有一個判斷的機制，我們走到懸崖邊，走到屋頂邊，自動就會停下來，知道前面有危險，不敢繼續往前走，哪怕只走一步。我們不知道一棟樓有多高，是十七公尺，還是二十公尺，我們都是不知道的。但是我們到了屋頂邊緣，卻自動不敢走了。就好像我們腦海裡有個人給我們算好了一樣，那個人告訴我們說，這個高度已經超出你的能力極限了，你會有危險，不能繼續走了。」

我：「的確是這種感覺，你說到現在，我已經大概明白那個人的想法了。他是想要透過這種置身險地的方式，讓他身體裡的那個看不見的『自己』出來跟他對話，是吧？」

心理師：「簡單來說就是這麼一回事。那個病人，堅定地認為另外一個自己是確確實實存在的，但是大部分人過完一生也沒有機會和另外一個自己對上話，他就是想試試。他還說自己有幾次真的成功了，但是另外一個自己很懶惰，跟他沒說幾句話就又回去了。所以他很著急，一直想繼續跟他順利對話。」

我：「後來他成功了嗎？」

心理師：「那我就不知道了。但是至少，他不再那麼嘗試了。不過這也只能說明，他已經開始嘗試著裝成普通人過日子。幹我們這一行，最重要的，不就是讓瘋子裝成普通人嗎？」

我點了點頭，說我不能更贊同他的話。

的確如此，很多時候，我們這些人的工作，其實是教師的工作。我們的職責，就是去教導那些瘋子模仿，模仿普通人的行動和生活方式，從而變成其他人眼裡的正常人。

其實，正常人之中，又有多少正常人呢？所謂的正常人，只是在模仿他人之後，形成的一套比較符合社交的生活方式而已。而一些所謂的瘋子，所謂的精神病患者，他們，可能只是這一套模仿系統出現了問題，從而展現了真正的自我而已。在傅柯的《瘋癲與文明》裡，他就提到了一些早期對付瘋子的方法，比如說圖克主張用懲罰來對付瘋子，一直懲罰到他們學會模仿普通人的作為為止，這實際是用威嚇的方式來讓他們的行為像普通人。和這類似的，皮內爾則提倡用冷水浴、緊身服等方法來懲罰瘋子，強迫他們學習普通人。而這種療法的本質，是使用重複的暴力來讓病人將模仿正常人和模仿失敗受到懲罰變成一種下意識行為，從而形式內化了。

聊天的最後，心理師跟我談到了一件有趣的事：「很多冒險家，都喜歡做一些游離在生死邊緣的事，比如說高空跳傘，比如說在高樓大廈屋頂倒立，比如說玩高空彈跳、雲霄飛車。他們說，這種刺激的遊戲，能讓他們真正體會到『活過』的感覺。只有真正在危險的境地，一個人才會真正感覺到自我。不然，為什麼恐怖片長盛不衰，又為什麼有那麼多人在電影院大排長龍，看各種電影呢？對吧？」

我不知道他的話是否正確，更不知道他所諮商過的那個病人的猜想是否正確。最後，我只想以米歇爾．傅柯在《瘋癲與文明》中所說的一句話，來結束這一篇的訪談：「知識變得愈抽象複雜，產生瘋癲的危險性就愈大。」

人人皆撒旦

在我認識的人之中，他對宗教的了解與鑽研程度，雖然不一定是最深的，但我幾乎可以說，一定是最廣的。

在那次會談時，他開門見山就問了我一個有趣的問題：「我想問你一個問題，不知道你答不答得上來。」

我：「如果你問得太深，那我肯定答不上來。宗教方面的東西，我可不怎麼懂。」

他：「跟你的職業也算有點關係。」

我：「行，那你問吧。」

他稍微想了想，然後在紙上寫下了一行字給我看：「你知道靈魂、精神、心靈、心理、思維、思想、意識、觀念、理性、知覺，這些詞有什麼區別嗎？」

我一下子被問住了，稍微想了想之後，才說：「你一下子說這麼多，我倒真是有點亂。不過，靈魂這個詞，是有點宗教和神學概念吧。精神的話，有點哲學意味。至於心靈、心理、思維這些，相對來說，更有文學或者學術化的氣氛。」

他笑了，也沒告訴我回答得對不對：「你覺得，全中國有多少人能夠完全區分這些詞？你不妨猜猜看，就你自己的想法。」

雖然我對此一竅不通，但是出於尊重，我想了想，還是猜了個數：「幾千個吧？」

他搖了搖頭：「沒那麼多。」

我：「幾十個總有吧？在一些哲學、心理學的學術圈內？」

他：「也沒有。」

我覺得有些匪夷所思了，最後，我也隨便猜了個數：「五個？」

他：「錯。是一個都沒有。全中國，能夠真正把這些詞全部分清楚的人，一個都沒有。但是在西方的學術界，這些概念是分得非常清楚的，每個詞都有它的語境和嚴格的定義。可悲的是，國內的人，對靈魂、精神、心靈、思想、意識、觀念這些概念，居然沒有人能夠真正做到清楚區分。而且在學術界裡，還有大量混用的現象，弄得人暈頭轉向，真的是想想都覺得悲哀。中國近代哲學為什麼沒落，趕不上西方？一個很大的原因，就在於連人的內心的基本概念分類都混淆不清。包括我，這麼多年了，也沒有真正鑽研透。」

做為一名精神科門診醫師，對於這位大師的話，我突然感到有些抱歉。

我：「不過，就我的職業來說，對精神和心理還是有點了解的。就像心理師和精神科的醫師，工作內容就很不一樣。心理師的話，和病人對話的工作比較重，他們需要靠語言技巧、邏輯思維來引導和糾正來門診的人的一些觀念，讓對方的觀念發生轉變。而精神科的話，主要還是詢問病症，然後做檢查、開藥、治療。比如說像焦慮症，有些人會晚上睡不著，全身發抖，我就負責問他們最近的生活狀況、精神狀態，給他們的病症下個定義。所以非要說的話，精神其實是一個人整體、身體機理層面的東西，主要是情緒狀態、工作積極性；而心理的話，甚至還涉及到語言方面的東西，更加深入和細化一點。」

他：「稍微有那麼點意思，但是還是很混亂。不過我感興趣的是，你明明是個精神科醫生，但是你的工作和心理師也很像。」

我：「這只是我個人的原因。我這個人，對於思想、哲學和心理的東西，也很感興趣。而且，我也想寫這方面的一些作品。所以我有時候會做像心理師的工作，比較詳細地問一些人的思想。」

他笑了：「那好，那這次我們就談點有趣的東西。我問你，你信不信宗教？」

我：「也就小時候相信菩薩，但是上了中學之後就不信了。現在嘛，也算是個比較標準的無神論者了吧。」

他笑著問我：「那你聽說過『負神論』嗎？負數的負。」

我：「負神論？沒聽說過。這是什麼意思？」

他：「沒聽說過是正常的，因為這個詞是我自己創的。但是，這裡，我說的是宗教的本質。」

我：「哦？」

他：「宗教的本質，說到底，是人大腦的信念模式的限制性。這個世界上有無神論、一神論，也有二元論、多神論，還有泛神論，當然也可以有『負神論』。」

我：「這個說法很新鮮啊。那是怎樣的一種宗教理論？」

他：「一下子要說清楚不是那麼容易，但是我可以先從一神論和二元論說起。其實在早期的原始社會，每個部落大多數相信的都是泛神論。他們相信木頭有神靈，石頭有神靈，太陽有神靈，水有神靈，甚至小到鍋碗瓢盆都有神靈。但是後來因為部落戰爭，部落不斷被吞併，強大的部落為了統攝小的部落，所以要在文化思想上管控，於是，泛神論逐漸統一，變成了多神論，最後變成了一神論。這樣一來，很多部落才能像是一捆繩一樣被擰在一起，更有凝聚力。之後，像猶太教、基督教、伊斯蘭教，這些一神論的教派勢力逐漸清晰了起來，一神論在全世界，也就有了廣泛的信徒。」

我：「嗯，宗教的歷史，差不多是這樣沒錯。」

他：「對。一神教的人會說，這個世界是由一個唯一的、至高的神創造的。而且每個宗教人士都會說，他們的神是完美的，是全知全能的，是至善的，只要相信他們的神，不斷向善，就會有善果。」

我：「一般宗教信徒傳教，都是這樣的。」

他：「但是這樣一來，就會有很大的問題。既然他們的神是全知全能的，那麼，為什麼這個世界上還會有『惡』存在？為什麼這個世界上還會有各種人禍，像是各種暴亂、罪惡、行凶事件發生？如果承認了惡的存在，那麼，對信徒來說，創造了這個世界的神，就不是至善至美的了。不然的話，他們的神完全可以創造一個只有善、沒有惡的世界。為什麼神要創造惡，這是一神論從古至今，從來都沒有解決的根本性難題。雖然歷史上有很多宗教名人，像特土良、奧古斯丁之類的人想要彌補惡存在的問題，但是他們都沒能給出滿意的答案。因此，一神論受到很多人的挑戰，而這也是二元論存在的原因。」

我：「那二元論呢？二元論解決了這個難題嗎？」

他：「二元論認為，這個世界上同時有善和惡兩股力量存在，世界是在善和惡的碰撞裡誕生的，而信徒們要做的，就是宣揚善、懲戒惡，站在善神的那一邊。這樣，二元論就完美解決了這個世界上有惡存在的問題，同時還能宣揚人向善，也收穫了一大批的信徒。像拜火教，就是這樣的例子。

「但是二元論也有個根本性的問題。那就是沒法解釋，主導善惡對抗的這個規律又是什麼。想想看就知道，善神和惡神要能夠對抗，他們肯定是在一個空間裡發生的，那麼這個容納他們的空間，就是一個主導了他們的更高法則。所以，二元論歸根到底，還是會很容易倒向一神論。因為它會暗示一個更高的全知全能的神。」

我：「這麼看來，世界上，其實沒有一套真正站得住腳的宗教理論。」

他：「不。其實還是有的。而且還是一神論。」

我：「哦？可你不是說一神論站不住腳嗎？」

他突然咧嘴笑了：「不，還是有一個解決的辦法的。只要相信這個世界上有唯一的神，而且這個唯一的神，是惡神就行了。這樣一來，一神論和二元論存在的矛盾，就都會一掃而空。」

我：「可是這樣一來，就得承認善並不存在，不是嗎？」

他：「對。這就承認了，在這個世界上，人人都是惡魔。所謂的善只是虛偽的表象，並不存在善這個概念，它只是處在惡當中的人所祈求的自我欺騙、空中樓閣罷了。但可笑的是，全世界沒有一個宗教公布這個思想。因為所有宗教的教主都明白，一旦宣傳這個思想，那麼這個雖然反人性，但在邏輯上極具說服力的思想就會像瘟疫一樣迅速蔓延，再也無法根除。而他們的立派根基，也就會土崩瓦解。」

我深深吸了口氣：「你說的負神論，就是這個嗎？」

他搖了搖頭：「不。說到底，惡神論也還是一神論的範疇。但是負神論，就不一樣了。」

我：「那負神論，又是什麼樣的宗教思想？」

他：「嚴格來說，這不是一種宗教思想。只是一種對宗教的反向思考。」

我：「怎麼說呢？」

他：「從古到今，幾乎任何宗教、神話傳說，都認為神創造了這個世界，然後創造了人類。但是我們可以反過來思考，神其實不是創造了人，而是人可以在未來的某一天，創造出神。所以，對於現在的我們來說，神還是一個負數。」

我：「這個說法很有意思。那麼，人怎麼創造神？」

他：「這我就不知道了。不過，宇宙中可沒有天然出現的手錶，但人創造了手錶。宇宙裡也沒有自然形成的電腦，人類卻發明了電腦。很多東西，本來就是從無到有的。你怎麼能夠確定，有一天，人不會創造出神呢？人類自古至今，一路發展下來，進化的歷史，難道不就是一條成神的道路嗎？」

我不知道他所謂未來會創造出的「神」的概念到底是什麼。但是事實上，他的思想換個角度來說，並不算太新鮮。因為，其實他的思想更像是人性啟蒙時代，流行思潮的一個變種。從某個角度來說，這位大師，也是在肯定人的力量。

最後，我還是轉回了話題：「說了那麼多，想來想去，宗教什麼的，一般人都不會想那麼深入。也許無神論、世俗化，才是最好的。尤其是這個年代，很多中國年輕人，都愈來愈接受無神論，不再相信什麼宗教啊、迷信了。」

他再一次笑了：「那你就錯了。有一點，你弄錯了。而且錯得非常嚴重。」

我：「哪一點？」

他：「其實，很多相信神的人，並不排斥科學，而且他們都還是無神論者。」

我：「這不是很矛盾嗎？都無神論了，還怎麼相信神？」

他：「如果我告訴你，很多去寺廟裡燒香拜佛，或者帶著子女去看巫婆的父母，其實都是堅定地相信科學的無神論者，而且還是徹徹底底的那種，你會相信嗎？」

我：「這……為什麼？你是想說，他們是抱著寧可信其有、不可信其無的想法，去病急亂投醫？」

他：「不，不是病急亂投醫。而是恰好投對了醫。」

我：「我有點聽不懂了。」

他：「那我就給你舉個例子吧。我的一個朋友，他就是搞光學的，算是你嘴裡所說的，堅定的無神論者。但是，他那個正在讀研究所的兒子得了一種心理疾病，原因是住在他寢室樓上的一個研究生上吊自殺了。他兒子是一個人住，在沒有人交流的情況下，他每天晚上都會胡思亂想、疑神疑鬼，最後甚至因為太過害怕，開始失眠，變得心律不整，然後得了疑病症。就像很多疑病症患者一樣，他覺得自己渾身都是病，檢查完癌症就檢查尿毒症，而且每過幾天就要去做檢查，生怕自己會死。他開始每天發抖，有時候還嘔吐、渾身發軟，情況變得很嚴重。」

我：「這的確是很常見的疑病症。」

他：「對。然後我那個朋友，在沒有辦法的情況下，就帶他兒子去見了靈媒。就是江南地區比較常見的那種算命女巫。我那個朋友問靈媒，我兒子有沒有病？靈媒一眼就看出來了，然後說：『放心好了，你兒子沒有病，只是心病。』然後我那朋友又問：『那我兒子身上有沒有東西？』靈媒當即就說：『你兒子身上是有東西，而且是從很遠的地方跟來的。』之後，靈媒告訴了我那朋友，怎麼透過用水讓三根筷子立起來的方法驅鬼，還說了我朋友兒子未來幾年的命，告訴他大概會在三年後開始賺小錢，十年內賺大錢。」

我：「那之後呢？」

他笑著說：「說起來就很神奇，在靈媒說了這些話後，我朋友的兒子在第二天，症狀就大幅度減輕了。你知道，這是為什麼嗎？」

我：「心理暗示吧？」

他：「模糊點說，是心理暗示，但是根本上來說，是人類思考邏輯的一種漏洞。人對這個世界的認知，就像是一棵樹。看起來這棵樹頂天立地，枝葉茂密，但其實把它挖掉之後，就是個大坑。如果你太過相信科學，相信儀器檢測，相信CT、核磁共振之類的科學技術可以檢查出你身上的毛病，你就會陷入一個不斷想做檢查的思維循環。今天檢查完了，你明天還想檢查；明天檢查完了，又擔心後天會怎麼樣。但是，如果有個靈媒突然告訴你，你未來十年後會是怎麼樣的，那麼，你整天擔心明天會怎樣的思考過程，就會突然中止。因為有人已經給你未來十年的命運做了責任擔保，她告訴你，未來十年你都是安全的。這時候，哪怕靈媒的話只是一種迷信，但是這種對未來命運確定的話語，也可以改變你整個心理活動的狀態，把你的大腦從一種思考模式，切換到另外一種思考模式。而且，有趣的是，別人一定要裝出靈媒說的話都是真的，才能起效果。」

我：「說到這裡，我大概懂了。」

他的笑容愈來愈濃：「對。所以，仔細想想，那些慫恿你去看靈媒、去算命、去燒香拜佛的人，你還真的以為他們都是迷信者嗎？其實，恰恰相反，他們都是一群利用人腦思考模式來改變你心理狀態的科學信奉者，是一群無神論者。他們只是故意假扮成有神論者的模樣，來改變你的思維方式罷了。人有一種本能，那就是知道了自己未來的命運之後，會心安的本能。這其實就是一種大腦的思考方式。人腦在面對不確定的未來時，思考的負荷是很大的，就像電腦一樣，因為每一種可能的不良情況都要考慮，都要計算，都要做心理準備，所以記憶體會被占用很多，壓力很大。而算命，哪怕只是假的算命，也可以透過故意設立一個虛假的未來景象，瞬間清除你那些沒必要的多餘計算部分，讓你的心理狀態立刻恢復。這麼說，你明白了嗎？」

他說的真的是一種比較新穎的思路。至少，當我聽了他的這一番話後，我感覺自己曾經建立起來的一些牢不可破的世界觀，終究還是出現了一些鬆動。

我們這一次的談話，是在路上偶然碰面後，在茶館進行的。在聊完天，謝過了他請我這次喝的茶後，我就獨自一人回了家。

而在那之後的幾年裡，我也沒有再碰到他。但我不得不承認，在那次談話之後的一段日子裡，他的一些思想，還是感染到我了。

曾經的我，認為自己是個堅定的無神論者，甚至從內心深處看不起那些信神者，覺得那很好笑。

好笑嗎？

以前的我，會那麼覺得。但是現在，卻早已不會了。

我的一位病人來諮詢他那有恐慌症的兒子該如何治療時，我思慮再三後，把去找靈媒的選項給了他。從那時起，我明白，雖然我內心深處還是個無神論者，但是在行動上，卻已經是個標標準準的有神論者。

因為我已經明白，我身邊每一個有神論者的親戚，都有可能是偽裝的無神論者。靈媒是無神論者，她只是為你承擔編織虛假而美好未來的責任。

拉著你去拜佛的親戚，他或許只是想告訴你長路漫漫，不要輕言放棄。

他們自己並不信神，但是為了讓你對未來的生活不失去希望，而偽裝成一個有神論者。因為只有編造出有神論的謊言，才能讓有神論的治療魔法不失去效果。

一旦戳破，就效果全無。

他們都是一個個偽裝出來的上帝信徒，滿口信教，但內心卻又嗤之以鼻。是真正的異教徒。

他們都是撒旦。

一個個為你編織美好而虛幻未來的善良的撒旦。

會動的傢俱

我曾經遇過一個幽閉恐懼症患者。根據他自己的描述，他只要一進入到幽閉的空間就會渾身冒汗，手腳發抖，心跳加速，甚至有一種喘不過氣的感覺。他說，他每天上下公寓，都不乘坐電梯，即便他家住在十一樓，他都只走祕密通道。這對他的生活造成了極大的不便，但是，根據他自己的說法，與其在電梯那狹小的空間之中，忍受窒息般的煎熬，每天爬十一樓的疲倦根本不算什麼。

根據我了解的各種幽閉恐懼症案例，我知道幽閉恐懼症並不算罕見，很多人都會對狹窄的空間有某種緊張感。而且其中很大一部分人出現這種症狀，都和他們童年的某段痛苦經歷有關。比如說，有些病人是因為小時候捉迷藏，被鎖在了漆黑的櫃子裡出不來，所以產生了幽閉恐懼症。也有一些病人是在走狹窄的小路時，被夾在兩面牆之間出不來，導致幾乎窒息。還有一些病人，則可能是小時候進過下水道，或是卡在水管裡，身子拔不出來而導致心裡留下陰影。總而言之，導致幽閉恐懼症的原因千奇百怪，不一而足。

但是總的來說，對於大多數人而言，就算他們可能對幽閉空間存在一點恐懼的心理，但也不至於影響到他們的生活，最多是呼吸不太舒暢，或手心出點汗水而已。

一開始，遇到這個患者，我習慣性地以為她也是某種幽閉恐懼症，但是當我和她聊得更深入，我才意識到，她的情況，遠遠不是幽閉恐懼症那麼簡單。

她：「你住的地方是這樣的嗎？你一個人睡在臥室裡，臥室裡關著燈，窗簾只拉了一半，大半夜的時候，外面大廈的燈光還能隱隱約約地照進你的房間。你的房間不算漆黑一片，睜開眼睛，能模模糊糊地看見房間裡的各種傢俱、擺設之類的東西。」

我：「我住的地方比較靠近郊區，大半夜外面的燈光倒是沒有那麼亮了，所以不開燈的話，房間裡一般是烏漆抹黑一片的。」

她：「哦，這樣啊。我住的那個地方，晚上屋子外面還是有點燈光的，很多大廈的景觀燈都亮到很晚。有時半夜三更我醒來，就能清楚看到房間裡的所有傢俱。」

我：「嗯，然後呢？你碰到了什麼情況？」

她的表情變得有些驚恐起來：「我發現……我房間裡的傢俱，自己會動。」

我：「傢俱會動？你是說你家裡的傢俱，自己會變位置？」

她：「倒還沒有變位置那麼明顯……但是，真的是在動。」

我：「怎麼動的？」

她：「嗯，讓我組織一下語言……其實這種動，不是那種很明顯的動。沒有變位置那麼明顯。對了，小孩不是經常玩木頭人遊戲嗎？一個小孩面對著牆壁數數字，然後身後的小孩偷偷地向他靠近，每次數到一個數字，他就會突然回頭，身後的小孩就要停止自己的動作，變成木頭人不能動，如果有人動了，就會被抓住。我的情況，差不多就是這樣的。每次我睜開眼睛的時候，我就覺得自己房間裡的傢俱偷偷地向我逼近了一點點。」

我：「一點點？明顯到你能看出來了嗎？」

她：「對，明顯到我都能看出來了。每次我一睜開眼睛，就感覺房間裡的書櫃啊，書桌啊，還有衣架，都像玩遊戲時的木頭人一樣，向我靠近了一點點。」

我：「那它們有走到你的面前嗎？」

她想了想，然後說：「這倒是沒有的。它們每次都走一段路，然後慢慢地又會退回去。但是次數多了，我總感覺，那些傢俱，每天都比前一天多走了一點路。我怕再這麼下去，遲早有一天，它們會走到我的面前來。我真的很怕。」

我笑了起來，試圖讓氣氛變得輕鬆一些：「不過你也說了，這些都只是傢俱而已，就算真的走到了你的面前，那也沒有什麼好怕的，是吧？」

她的表情變得很痛苦：「可是，我覺得，那些傢俱不是死的。它們……是活的，有自己的生命。如果有一天它們走到了我的面前來，說不定會做出什麼不好的事情來。」

我：「有什麼不好的事情呢？」

她：「那我也說不出來……但我想，玩過木頭人遊戲的人都知道，最後木頭人會偷偷走到數數字的小孩背後，然後一把抓住那個小孩……然後……數數字的小孩，就會變成木頭人。木頭人，就會接替之前的小孩，開始數數字。我想，那些傢俱如果抓到我了，我可能就變成它們了。」

我笑了：「這不是很好辦嗎？既然你這麼怕那些傢俱，把傢俱都搬出臥室，放到大廳裡不就好了？」

她：「我就是這麼做的啊。前兩天，我就把書櫃、床頭櫃和衣架都抬出去了。但我的房間裡的一些壁櫥是跟牆壁連在一起的，是固定在牆壁上的。這些拆不了啊。」

我：「既然是連在牆壁上的，壁櫥就不能向你靠近了吧？難道壁櫥還能自己從牆上跳下來？」

她：「不是。壁櫥是沒法從牆壁上鬆下來，但是……壁櫥可以跟牆壁一起向我壓過來。」

我：「牆壁向你壓過來？」

她連連點頭，露出了恐懼的樣子：「對啊，整個房間的四面牆壁，都跟著壁櫥一起向我擠過來！每次我偷偷睜開眼睛，就發現房間變小了一大圈，我覺得自己都快沒法呼吸了。但是我不敢動，生怕自己動了，它們會更加來害我。所以就只是偷偷瞇著一條眼縫向外看。然後我發現，那些壁櫥又不動了。後來我知道，它們會在我睜開眼睛的一瞬間變回原來的樣子。然後我閉上眼睛的時候，它們又會偷偷靠近。醫生，你說我該怎麼辦啊？」

我：「你晚上是一個人睡覺的嗎？」

她：「一開始我是跟我老公一起睡的。但是後來我們就分開睡了。」

我：「為什麼？」

她：「他老是說我半夜醒來，把他吵得睡不著，第二天沒法工作，就去隔壁房間睡了。他還說我太神經質，想太多了。我今天也是瞞著他偷偷來看你的，是我的同事讓我來找你的。」

後來經過診斷，我認為她的症狀是一種視覺感知飽和的現象。這種視覺的感知飽和，很多人常常會有。比如說，如果一個人長時間地看著某個固定的物體，像是頭頂上的一盞吊燈，慢慢就會發現它在動。又或者，有時候長時間看鏡子裡的自己，也會發現鏡子裡的自己，面容開始扭曲變形。除此之外，還有字帖上的漢字，如果看著的時間長了，也會發現自己認不出那個字來，好像那個字變成了他國文字一樣。

在經過核磁共振對大腦掃描，檢測她的大腦沒有什麼器質性病變後，她甚至沒有接受什麼心理輔導，而是由我給她開了一些養心安神的藥，就離開了醫院。

我本以為她的病情並不算嚴重，這件事也就這麼過去了。

直到一段時間之後，當她丈夫陪著她再次來到醫院，我才意識到，事情並沒有我想的那麼簡單。

趁著患者上廁所暫時離開，她丈夫偷偷地湊上前來，對我說道：「醫生，你說我老婆的情況，是因為視覺感知飽和是吧？這症狀，我稍微去了解了一下，視覺感知飽和只在長時間看一個東西的時候才會出現。而我老婆睡覺的時候，如果閉著眼睛，應該是不會出現這種情況的。我覺得你判斷得不太準確，於是，我就偷偷在我老婆的房間裡放了一臺錄影機，看她晚上睡覺的景象。然後，我發現了一件事，這件事現在嚇得我晚上都沒法睡覺了。」

我皺眉：「哦，什麼事？」

她丈夫：「觀察了兩天後，我發現，她晚上睡覺到半夜，會突然像受驚似的睜開眼睛，而且眼睛裡只有眼白，像是塞了兩顆荔枝一樣，一點黑眼珠都沒有。就像個死人一樣。這樣一睜，就是幾個小時。」

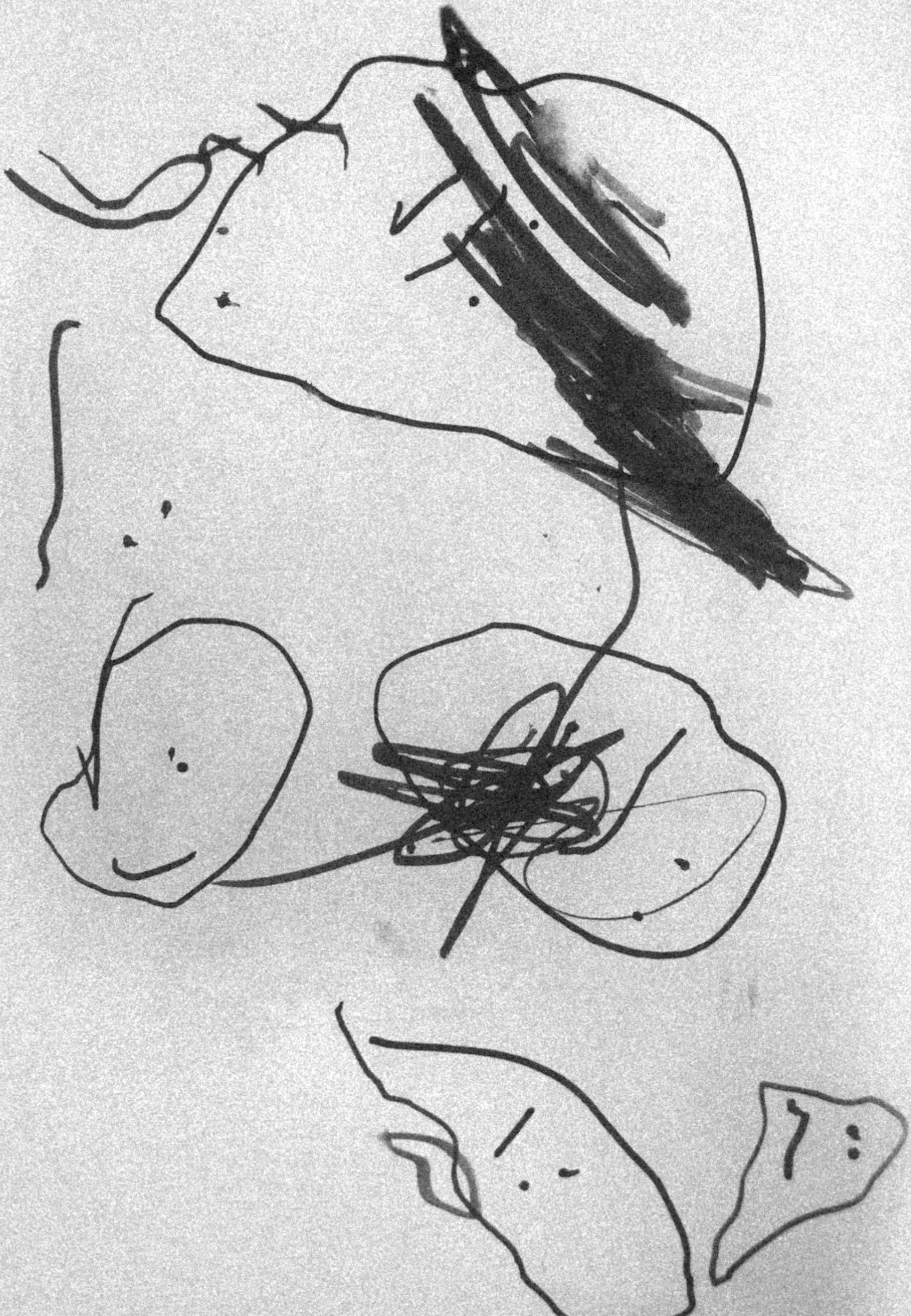

走路的衣服

見到他的時候，我還不是門診醫生，僅僅是個助手。那天，我看到他在醫院外徘徊了很久，卻遲遲不肯進大廳去，於是上前問他為什麼不進去。

他看了看我，認出我也是在醫院工作的，於是有些犯難地說：「我聽說，一個人如果進了精神病院，那麼不管他有沒有跟門診醫生說過一句話，這個人都會被人當成精神病……因為精神病是外表看不出來的，就算你人是好的，別人也會懷疑你腦子有問題……醫生，是不是有這種事情？」

我笑著說：「精神病其實沒有你想的那麼可怕。而且精神病也分很多類型，的確是有嚴重的，但是大多數人，就是有點焦慮，或者緊張之類的，像是生活壓力太大，也都有可能造成精神上的一些症狀，你不用太過擔心。而且，我看你也是一個人來，我們不會把來診斷的人的資料洩露出去，你就放心好了。」

但是他還是不放心，思考了好一陣之後，他又開始皺眉繃臉：「其實，我覺得我的情況，不來這裡也沒什麼關係……也不是什麼大不了的情況。」

我：「這樣吧，要不你先把情況說給我聽一下，我看看嚴不嚴重。我也是在這裡實習的，多少了解一些人的情況。」

他想了想，還是到醫院外面一個公園的長凳坐下來，開始給我講述他的情況。

他：「我就是……有時候非常怕。」

我：「怕？怕什麼？」

他：「說出來我都擔心別人會把我當孩子笑話……我就是怕衣服。」

我壓低了聲音：「怕衣服？這是為什麼？」

他：「不是……也不是所有的時候都怕。只是在一些時候會怕。我表達能力不太行，說不好。但是有的時候，我看見衣服，就覺得非常可怕。有時候……稍不留神，回頭一瞥，就會覺得衣服，特別像人。」

我：「哈哈，你說這個啊。這個我覺得很正常啊，有幾次我也有過這樣的錯覺，掛在立架上的衣服，特別是一些大衣，有時候光線比較暗，看起來是有點毛骨悚然。這個，只是一種錯覺，是很正常的。如果你真的怕的話，以後把衣服摺疊起來就可以了？」

他：「對，你說得很對。我也覺得，這是很正常的。可是，我就是覺得這種情況在我身上，發生的有點太多了。弄到現在，我都快沒法正常過日子了。」

我：「這麼嚴重了？」

他：「對，真的很嚴重，我現在整天都心裡慌慌的。嚴重的時候，我甚至會氣到把掛在家裡的衣服又拉又扯，還有好幾件毛衣被我給撕破了。一想起來，我也很懊惱，但我真的就是控制不住自己……」

我：「這種情況大概有多久了？」

他：「好一段時間了，差不多九個月。雖然我以前偶爾也有碰到這種事，但是突然變得嚴重，是去年三月的時候。」

我：「第一次出現是怎麼個情況？」

他：「這件事其實有原因的。去年三月，我在讀研究所。然後有一天，我下樓的時候，突然發現宿舍外站了五、六個不知道是員警還是保安的人，而且，一整棟樓都被用警戒線包圍了起來。」

我：「出了什麼事？」

他：「我那時候也很好奇，問他們出了什麼事。但不管是樓管，還是警衛，都不肯開口。後來我才知道，原來在我們那一棟樓，有人上吊自殺了。而且，那時候我住在六樓，上吊自殺的那個人，就在七樓，幾乎就是我正上方的那一層樓。」

我：「這樣啊……」

他：「那個時候，我的室友還因為工作搬出去了，寢室裡就我一個人。那段日子裡，我每天就一個人在寢室裡空想。而且，我還打聽了很多發現那個上吊自殺的人的事蹟。聽說，發現他的人，後來也是進了精神病院，很長一段時間，都算是有心理陰影了吧。我跟他還交流過，他說，他發現屍體的時候，屍體眼睛睜得死大死大的，而且舌頭還吐得長長的，嚇得他那時候整個人發軟，都傻了，既不知道是該叫，還是該跑，像是失去了思考能力一樣，該做什麼都不知道了。」

我：「你還去打聽這麼詳細……」

他：「那時候好奇心太旺盛，憋不住。我就是那種喜歡八卦的性格，沒辦法。一開始那幾天，我還很興奮，在朋友圈裡到處談論分享。但是過了幾天之後，情況就不太對勁了……」

我：「就是你開始怕衣服了？」

他：「還沒有那麼快。一開始的那段時間，其實還算好的，我沒有碰到什麼事。問題是在那之後，差不多過了一個禮拜，我奶奶去世了，我就回到我奶奶家的閣樓裡，去幫忙整理她的一些遺物。那時候，就開始碰上一些讓人發毛的事了。」

我：「那是什麼事？」

他：「先跟你說，我奶奶的老家是那種特別老的老房子，外面是泥牆，屋子裡面是木頭鋪的牆板和地板，就連臺階也是木頭做的。走在木地板上，都會有那種嘎吱嘎吱的聲音。而且，我奶奶還在木樓梯的轉角處，放了一個立衣架子，上面掛了幾件大衣，那些都是她活著的時候穿的。奶奶去世第二天，我去她二樓閣樓整理衣服的時候，剛上木頭樓梯，想去開燈，經過轉角，猛地回頭，卻突然看到一個渾身漆黑的人掛在我身後的房梁上。嚇得我當時就哭出了聲來。真的，就跟小孩子似的哭了兩聲。」

我：「你說得還真嚇人，那不過是錯覺吧？」

他：「是啊，當然是錯覺，那只是掛在房梁下方，衣架上的一件大衣而已，因為樓梯口太暗了，才會產生錯覺的。但是不開燈的話，那陰森森的樣子，也真的是很嚇人，我現在跟你說這些，想起來都還覺得毛骨悚然。」

我：「那之後呢？」

他：「後來我看清了是衣服後，才稍微鎮定了一點，開了燈，才算是鬆了口氣吧。但那只是一個開始。後來，我的情況，卻一下子變得嚴重了。」

我：「一下子變得嚴重？」

他：「嗯。我的房間裡也有立著的衣架，晚上睡覺的時候，我朦朦朧朧地睜開眼睛，就會唰地看到一個人影，筆直地掛在我房間的角落，跟吊死鬼似的，嚇得我脖子都發僵，全身雞皮疙瘩都跳出來。這樣折騰了兩天之後，我索性把衣架上的衣服全部拿下來，塞到櫃子裡去了。」

我：「對，把衣服藏起來，不就沒事了？」

他：「一開始我也是這麼想的。但是後來，事情卻愈來愈不對勁了。我把衣服塞到了衣櫃裡後，每次我打開衣櫃的一瞬間，都好像會看到一個黑漆漆的人筆直地掛在櫃子裡的衣架上，直直地盯著我看，嚇得我渾身雞皮疙瘩都跳出來，整個人都涼一大片。但是仔細一看，又會發現沒有什麼。」

我：「所以，你說你把你的衣服都給撕了？」

他：「是啊。有幾次我真的是受不了了，氣得我對那些衣服拳打腳踢，想用這種方法讓我膽子大一點，告訴自己沒什麼。可是那沒有用，下次我還是會在打開衣櫃的一瞬間被嚇到。」

我：「我聽你的故事，也都覺得毛骨悚然了。那你之後有把衣服摺起來嗎？」

他：「當然了，都這樣了，當然是把衣服摺起來了。這之後，有那麼一陣子，情況算是稍微好了一點。但是偶爾還會發作。」

我：「偶爾發作？」

他：「就是我有幾次去逛街的時候，因為比較晚了，經過一些服裝店的櫥窗時，看到裡面沒有腦袋的人體模型，總是會嚇得寒毛直豎，兩條腿都會發軟。」

我：「你這個，應該是心理暗示太過頭了吧。」

他：「對，我也這麼想，大概是我想太多了。可是我就是沒法不去想。一有空，我就老是想那個發現上吊者的人，我會以他的視角去重現發現屍體的場景。愈是強迫自己不要去想，我就愈是控制不住。」

我：「那之後呢？你有別的辦法去克服嗎？」

他：「我試了很多辦法，比如把我能看見的衣服全都藏起來，或者開櫃子時開燈之類的。一開始還是有點用，但是到了後來，又不行了。」

我：「怎麼了？」

他：「我發現衣服會走路了。」

我：「衣服怎麼會走路呢？」

他：「準確來說，我有時沒法看見正常人了。比如說，在街道上走的時候，一般情況下看，應該是一個個的人，對吧？可是，有的時候，我一抬頭，卻覺得是一件件的衣服在飄，好像裡面沒有人似的。」

我：「哈哈，你眼睛盯著的方位不太對吧？盯著別人的臉看不就行了？」

他：「這樣是會稍微好一點。但是我不可能任何時候都盯著別人的臉啊，那樣多不禮貌。有時不小心回頭一看，我就又會看到一件件衣服好像在走路。」

我：「這是你現在的狀況嗎？」

他：「還不是，後來……就變得更嚴重了。」

我：「更嚴重？」

他：「嗯。一開始，我這種把衣服當人的情況，只是不經意一看的時候會發生。但後來，這種時間持續得更久了。有時，哪怕不是無意間一看，看一件正常的衣服，我也覺得裡面好像有人藏著似的。」

我：「這種情況很常見了，是嗎？」

他：「是啊。愈來愈常見了，要不是那麼常見，我也不會來這裡了……說實話，到了最近的一個月，我都已經不敢晾衣服了。每天我走到陽臺上，看到頭頂晾衣桿上掛著一件件的衣服被風吹動，就像是一個個上吊自殺的吊死鬼似的，嚇得我神經都會突突跳，整個人都變得不正經。」

說實話，那個時候，我聽到他的描述，自己都開始被他的氣氛帶了進去，感到渾身冒寒氣，毛骨悚然。

我想了想，還是決定帶他去看一看。最後，根據診斷，這個人的確有因為過度的不良心理暗示，導致的輕微慢性精神分裂的症狀。大概是因為他在校時的那一段經歷，使他長期對自己進行不良的心理暗示，導致了丘腦、大腦功能的紊亂，才造成現在的情況。

他的情況不算太嚴重，在醫院開了幾期的藥之後，就沒有再來了。

我還記得最後一次他來院，我是在醫院門口的臺階上碰到他的。我和他打了招呼，問他狀況。他說他的情況好多了，還滔滔不絕地跟我講一些生活上的趣聞樂事。

只不過，話說到一半，他卻突然朝著我身後的對面看了一眼，臉色突然變了。我也跟著他回頭看了看，但是身後除了對面的大樓之外，一個人也沒有。

我問他怎麼了，他沒有回答，只是之後，他帶著好像有點僵硬的笑容，匆匆忙忙跟我講完了話，敷衍著就走了。

而自那天之後，我也沒有再見到他。

我納悶的是，那時他為什麼突然臉色變了？他到底看到了什麼？

我始終沒有想通。

直到有一天，在一個烈日炎炎的豔陽天，我走出醫院大樓，不經意間舉目看向對面的大樓，我才恍然大悟。

對面開放式病房大樓的陽臺上，一件件白色的病服，正在風中烈烈飛舞，長袖扭擺。興高采烈。

婚姻即入葬

他是在父母的陪同下來到醫院的。他一路抱怨，又吵又嚷，幾次和父母鬧得面紅耳赤，甚至到了門診室後，還掙脫了他父母的手臂想要逃走，但最後還是被他的父母給拉了回來。

到最後，哪怕他勉強坐在了我的面前，還是表情苦恨，嘴裡像是塞了苦瓜。

這樣態度的患者並不少見，對於精神異常的人來說，他們往往帶有狂躁、焦慮、憤怒的情緒，所以在家人勸告的同時，我自己也必須耐下性子來和他慢慢聊談，以一種朋友或者老師的立場來靜聽他們的心聲。

我：「別這麼緊張，我們這裡又不打針，也不抽血，只不過就是談談心而已。你的事我們不會告訴別人的，我們也不會把你當成病人，你就說說最近心情怎麼樣就好了。」

他：「我都說了幾百遍了，我的心情很好。我人也很正常。可是他們（指患者的父母）硬是要拉著我過來，說看看你就會好！」

我看向了患者的父母：「那要不，你們先迴避一下，我先跟他聊聊。」

患者母親：「好的，好的。但是醫生啊，你一定要幫我好好勸勸我兒子，他現在誰的話都聽不進去，我們怎麼說都沒有用。」

我表示我會跟他們兒子好好聊一聊。之後，我就開始了和這位患者的談話。

從精神狀態來說，這個患者很好，生理表現上，也沒有因為一些常見的精神症狀而導致的手腳顫抖、面黃肌瘦的現象，患者本人看起來非常健康。

我：「現在你可以慢慢說了。你爸媽要你做什麼？」

他：「他們非要我去相親不可。給我約了好幾次了，但是我不肯去，他們就非要催我去。」

我：「哦？你今年多少歲了？」

他：「三十五了。」

我：「哦，那也是到了該結婚的年紀了。這個年紀不相親，你家裡人擔心你也是很正常的。你說你爸媽讓你去相親，那然後呢？」

他：「沒了。」

我：「就是他們要你去相親，然後你不肯去？這就沒了？」

他：「對，就是因為這樣。」

我：「這倒是很正常啊。很多人有恐婚的心理，不肯去相親，也都是很正常的。我覺得你沒什麼問題。每個人都有自己的人生規劃和選擇，對吧？」

他：「我也這麼覺得。可是他們非要逼我啊。我真的被他們給弄得煩死了。我都跟他們說了多少次了，我就是不要去，去相親就是去送死。」

我笑了：「去相親就是去送死？你怎麼會有這種想法呢？你不喜歡相親的對象？」

他：「不是。我根本不認識她們。」

我：「她們？你爸媽給你約幾次了？」

他：「二十多次了，每年都有好幾個，一有長得可以、條件不錯的，他們就立刻去找。他們是積極得很。」

我：「二十多次了，而且相親對象每次都不一樣，這麼說，你不是討厭相親對象，而是討厭相親這件事本身了，是吧？」

他：「對，就是這樣。我是很討厭相親。但是準確來說，也不是討厭……我是真的怕結婚。」

我：「為什麼呢？結婚是每個人人生的大事，是每個人都要經歷的。結婚多好啊，有個漂亮的妻子，還能夠經營溫馨的家庭，有個人陪著你，看著自己的子女慢慢長大，不是很快樂嗎？」

他突然死死地盯著我看，然後問道：「醫生，你看起來挺年輕的，有孩子嗎？」

我說道：「呃，哈哈，倒還沒有。還在談吧。工作太忙了，生活上的事，有點顧不著。」

他似乎鬆了口氣，然後用一種像是朋友勸告似的語氣對我說道：「那還好。醫生，我勸你一句，你以後也千萬不要結婚，更不要生孩子。」

我忍不住笑了起來，說：「不要生孩子？這是為什麼呢？生孩子哪裡不好了？你是說，生了孩子之後，生活壓力會很大嗎？」

他連連搖頭：「不，不是。不是什麼生活壓力的問題。是真的不能生孩子，如果你生了孩子，那你就會死。」

這時，我開始意識到這個患者的精神狀態的確存在一定的異常，於是我問道：「為什麼呢？孩子怎麼了嗎？」

他：「孩子沒有怎麼了，是你的意識的問題。」

我：「意識的問題？」

他的情緒開始變得有些緊張：「你可能不太相信。但是，如果你生了孩子，那麼你的意識就會轉移到你的孩子身上。」

我：「這怎麼說呢？我很好奇，能說得詳細點嗎？」

他焦慮不安地搓揉著手，不斷把兩隻手的手指相互交錯著：「這個很難說清楚。但是這個世界的規則就是這樣的。我就問你，你覺得你爸媽是有靈魂的嗎？」

他的提問有點突然，但是我還是回答了：「如果這個世界上人人都有靈魂的話，那麼我爸媽當然也都是有靈魂的。跟我一樣，都是有思想、有意識的人啊。」

他：「不是，你爸媽是沒有靈魂的。全天下所有的父母，在母親肚子裡的孩子成形的那一刻，他們就已經沒有靈魂了，他們變成了沒有思想的傀儡，只是看起來像是有靈魂，能走動，能說話，還能笑，但其實他們的靈魂已經轉移到孩子的身上去了。」

我：「你是說，父母有了孩子，就變成了行屍走肉？」

他：「對，就是行屍走肉。他們看起來還能行動，還能思考，但其實內在已經是空的了，他們就是一具具的空殼。」

我：「你是怎麼產生這種想法的？是什麼促成了你產生這種想法？」

他：「不是想法，這個就是現實。這個世界的規則就是這樣。人的靈魂，就是這樣一代代傳承下去，一直到永生的。」

我：「靈魂？你相信人都有靈魂，是嗎？」

他：「其實嚴格來說，也不是靈魂。就是『主觀的視角』。從我的角度，向外看世界的這種視角，這種感覺。」

我：「主觀意識？」

他：「對對，主觀意識。我找不到比較好的詞語來形容。主觀意識這個詞很好。每個人活在這個世界上，都是用主觀的角度看這個世界的，就是那種『主觀感覺』，但是如果你生下了孩子，那麼你做為父母的主觀感覺就會消失掉，你的記憶會被抹殺掉，然後你的主觀感覺，就會跳到你的孩子身上去。你會重新開始用你孩子的視角看這個世界。對於你原來的那種主觀感覺來說，你已經死了。」

我笑了：「你這個說法，全天下只要是有孩子的父母，都會反駁你的啊。」

他：「生過孩子的父母當然會反駁，但是反駁也沒有用，他們已經不是原來的他們了。他們是機器人，雖然和真人一樣會笑，會說話，而且說的話聽起來好像也很有邏輯，但是他們已經失去了『主觀視角』，你知道嗎？如果我真的結婚，生了孩子，而你沒有的話，那麼我肯定也會對你說，我的意識還在，但那個時候的我，已經不是現在正在跟你說話的我了。到那個時候，我也已經變成了殭屍，因為我的意識已經到了孩子的身上去了。」

我：「可是，你想想，這個世界上總有嬰兒死亡的案例發生吧？如果父母生了孩子，但是孩子沒有後代，而是沒出生幾天就死了，那麼你說的這個『父母靈魂』，不就沒了嗎？」

他：「那就沒辦法了，只能認栽了唄，運氣不好，只能死了，徹底消散。但是好在這個世界上人很多，大部分人還是能成功把自己的『靈魂』傳遞下去的。」

我：「那如果父母生了很多孩子呢？他們的意識該怎麼分呢？難道分成好幾個嗎？尤其是雙胞胎，那該怎麼辦？而且，有的父母兩個孩子是隔著時間生的，第一個孩子和第二個孩子出生日期可能間隔十年，那按照你的說法，父母的靈魂都給了第一個孩子，第二個或第三個孩子不就沒有靈魂可以分了嗎？」

他：「不是。靈魂也是可以長出來的。你想想，這個世界上總有第一個靈魂吧？第一個靈魂就是正常生出來的。父母只會把靈魂轉移到第一個孩子身上，雙胞胎的話，也是會有先後順序的，他們的靈魂只會轉移到第一個從娘胎裡出來的孩子身上，之後的第二個、第三個，甚至還有更多，一開始都是沒有靈魂的，那些靈魂是慢慢長出來的。但是他們父母的靈魂，是已經沒有了的。」

我：「這個說法是很新鮮。但是，你有什麼證據呢？是什麼樣的證據讓你確定父母的靈魂一定會轉移？」

他：「證據？我又沒有生過孩子，我怎麼有直接的證據……」

我：「既然沒有證據，那你又為什麼要相信呢？」

他：「是感覺吧。我就是有一種感覺……我是在一次做夢的時候夢見的。我做了很奇怪的夢，在夢裡，我變成了我爸，我以他的視角看這個世界，而且我還夢到了我爸和我媽相遇、約會的場景，後來，我問了我爸媽他們是怎麼相遇的，結果他們回憶的內容跟我夢到的一模一樣。那時候我就開始相信，我可能就是我爸。」

我：「這樣的夢你做了幾次？」

他：「好幾次，七、八次都有了。」

我：「那之後呢？還有別的證據嗎？」

他：「也有的。就是我媽突然變得很敏感。我做了那樣的夢之後，我有時嘴裡就念叨說：『假的。』看到他們，我就會說『假的』。然後我媽就好像很緊張似的，不停地問我什麼假的。我說沒什麼，但她卻還是神經敏感似的追著我問，什麼『假的』？我不肯說，她就愈來愈緊張。我想，她一定是意識到了我已經明白這個世界的規則，所以開始變得緊張了起來。而且在那之後，我爸媽一個勁地拉著我去相親，我想他們肯定是開始急了，知道我發現了他們的祕密，所以逼著我去生孩子，然後把靈魂轉移掉。」

我：「可是你不是說，靈魂轉移之後，你原來的記憶也會沒有嗎？」

他：「我想，也不是完全沒有，可能也會留下一點點的殘餘吧。你有過這樣的經歷嗎？有時候，你的腦海裡會浮現出一幅你從來沒有見過的場景，那個場景可能是某個江南水鄉的小巷弄，也可能是某個滿是黃土的平原，裡面還有水潭，頭頂上還有藍藍的天空。但事實上，你小時候從來沒有去過那樣的地方，也沒有看過類似的照片，你也不知道為什麼腦子裡會出現那樣清晰的畫面。那種你腦海裡浮現出從沒看過的風景的感覺，並不像是回憶，倒像是本來就存在你腦子裡的，好像你一出生就有，伴隨著你一起長大，有時就會冒出來。」

他的話讓我的神智有點迷離。雖然他的話說得有點荒誕，但他說的那種情況，我似乎是真的碰到過。在我小的時候，我的腦海裡有時的確會浮現出一些我從來沒去過的地方的景象，我怎麼也想不起來去過那個地方的記憶，我以為那是夢中的景象。

他：「那些你腦海裡偶爾會出現，但又不是記憶裡的景象的畫面，其實就是你還是父母時候的經歷。是你前一世的記憶傳到了下一世。」

我：「現在我倒是懂了。所以你一直都不肯去相親，就是因為這個原因。」

他：「對，要不然呢？一去相親，就要結婚，一結婚，我就會死啊。我還不想死，你說我能怎麼辦？」

我愣愣地聽著他說話，最後，漸漸陷入到了沉默當中。

到了最後，我都沒能夠說服他。因為事實上，他根本就沒有精神上的問題，他的問題在於思想。如果他情緒緊張，或者精神焦慮、經常恐懼，我還能給他開藥，但是他思想上的問題，我能怎麼辦？

之後，成功開導他的人是都教授。後來我和都教授談話時，我問他，他是怎麼說服那個病人的？

都教授笑著說：「很簡單，我讓他先談戀愛，嘗試著去愛上一個女孩，但是別急著生孩子。直到他愛上對方，愛到願意付出生命的那一刻。愛一個人，本身就是需要勇氣的。在古代，女人生孩子，也要承擔巨大的死亡風險，這一點，和他現在，又有多大的不同？」

都教授的話讓我醍醐灌頂。自從那一次起，我對都教授更為敬重了。

後來我回憶這個病人，我時常想，他的話在某種程度上，也不是沒有道理的。

一旦父母有了孩子，他們剩下的半輩子，都將為子女忙碌操勞。他們要為了孩子累死累活地工作賺錢，改變自己原來的生活方式。孩子出遠門他們要擔心，孩子上學他們要擔心，孩子的衣食住行他們要擔心，孩子成家立業他們要擔心。甚至，父母還要面對各種流言蜚語，為了保護孩子，他們還必須學會對別人低三下四、點頭哈腰，懂得忍受生活的辛酸。

從某種意義上來說，孩子出生的那一刻起，父母們原來的人生，的的確確，已經「死了」。

每一場愛情，都需要勇氣。
每一個父母，都是偉大的。

存在即永生

這大概是我見過的，有著最最樂觀思想的人。說實話，我接觸過的病人之中，大多數都有著極其負面、悲觀的思想，所以在我的交際圈裡，想要聽到極其光明而樂觀的思想，是一件非常困難的事。行內有一句流傳已久的話：最容易得心理疾病的，往往是心理師。

這句話雖然聽著悲哀，但卻是事實。心理師這個職業，就算是經過最嚴格的訓練，有著最高超的職業素養，但是當你每天面對各種有著負面思想的病人時，聽著他們大聲抱怨、大聲宣洩，你想要保持本心，也是幾乎不可能的事。

但是這個人卻不一樣。在我接觸過的人裡面，我幾乎找不到第二個比他更加積極樂觀的人，先不提他對人生的那份豁達樂觀思想，單單是我每次見到他時，他臉上掛著的那一抹讓人懷疑是畫上去的笑容，就能讓人被他的那份積極情緒感染。像他這樣的人，實在是太少太少了。

我是在健身中心遇到他的，後來又有幾次，我晚上到體育館跑步時會碰到他。每次見到他，他都面帶微笑，滿臉自信，就像剛剛炒股賺了一大票似的。每次我都會忍不住上前問他遇到了什麼好事。

而一開始，他只是笑著對我說，他這個人天性就是這樣，喜歡笑，非常樂觀。

但是後來接觸久了，我一次次問他同樣的問題，他終於還是漸漸鬆口，告訴我他的祕密。

他：「你問了我好幾次這個問題，但是其實，說穿了也沒有什麼。因為活在這個時代，本來就是一件很幸福的事。為什麼不樂觀一點呢？」

我：「樂觀當然是可以做到。不過像你這麼樂觀，心態這麼好的人，我是真的很少見到。」

他：「那你要想想過去的人吧。幾十年前，中國人還很貧窮，那時候的人，特別是生活在農村裡的人，連飯都吃不飽。那時候的人，吃的都是鹹菜、蘿蔔乾，要不然就是直接在米飯裡撒鹽拌飯，是吧？」

我：「那是肯定的。跟過去是沒法比，現在國家人民的總體生活水準提高了嘛。現在的人，怕的不是沒飯吃，而是吃太胖，得高血壓、高血脂之類的毛病。要不然我也不會每天出來運動了。」

他：「對啊。現在的生活條件這麼好，和科技的進步是離不開關係的。基因改造什麼的不說，至少現在的農作物產量高了，而且工業水準也發達了，可以製造各種化肥，對植物進行雜交，提高產量，挨餓的人也就愈來愈少了。科技就是個好東西啊。」

我：「是啊，所以說，科技改變生活嘛。想想古時候的皇帝，沒有空調，也沒有電扇，他們的日子再好，很多方面也比不上現在一戶普通中產階級家庭的生活。」

他：「對。科技真的是個好東西。尤其是過去一百年來，科技的發展速度已經超過過去幾千年發展的總和了。不是有個說法嗎？叫做技術奇點，說是我們人類的科技愈是發展，發展的速度就會愈來愈快，就像是指數一樣加速。」

我：「這個我不是特別了解，不過我偶爾也會關注一些科技類的新聞，這幾年科技類的新聞的確是愈來愈多了。而且很多小時候覺得在科幻小說裡才有的科技，現在不知道什麼時候，就突然變成了現實。像是什麼人工智慧啊，什麼VR之類的，以前總覺得是很未來才會有的技術，現在都已經不新鮮了。」

他：「是啊。因為現在的科技界專業分化太細了，很多行業領域之間互不了解，所以科技發展往往會有這麼一個規律，有時候你覺得一個技術可能要十年後才能有突破的希望，但是才過幾個月就有了突破。就像之前下圍棋的那個人工智慧，我聽說是用了生成對抗網路，這個技術十多年前還沒有什麼人想過，那時搞人工智慧的人，都覺得哪怕三十年後都看不到突破的希望，但是沒想到，突然有一天，一個年輕小夥子喝醉了酒之後想到了，然後技術就有了突破。所以，我們現在這個時代的科技發展就是這樣，一個你覺得三十年後都看不到希望的科技，說不定哪天在這個領域就突然出現了一個新人，想出了一種新的思路，又或者是從別的行業想到了解決辦法。就好像以前康師傅和來一桶鬥得很厲害，但是突然間，智慧型手機出來了，外賣出來了，兩家公司的業績馬上就下降了。微信也是這樣，微信才推出幾年啊？馬上就全國流行了，現在路邊攤賣炒麵的，都掃二維碼了。」

我：「這是真的。現在這個時代，如果你不常常關注身邊的新聞，把自己封閉一段時間，會發現自己都快跟不上這個時代的一些科技了。」

他：「就是這樣的。而且，活在中國是很幸福的一件事。中國國家大，人口多，很多時候，國家就可以集中力量辦大事，集中資源搞一些高科技。中國的工業體系是全世界最完備的，而且因為人口多，需求大，高科技也很有市場。再加上人口多，人才多，以後中國的科技人才也會愈來愈多，這樣一來，科技會更加加速發展。」

我：「看來你對科技的發展很有信心。」

他：「那是當然。我看過很多新聞，說用不了多少年，我們人腦就可以把意識上傳到電腦裡了。到時就算我們肉體變老了，我們的意識卻還是可以活在電腦裡。」

我：「這個就有點太玄了，現在好像還有很多爭議吧。就我現在的了解來說，人類對人腦的了解還很淺，人腦有五十多個模組區域，很多區域，現在的腦科學家都還沒有完全弄懂它們的用途。」

他：「這只是時間問題。只要發展下去，總有一天會弄懂的。說不定明天就會有巨大突破了，只是你不知道現在哪個科學團隊、哪個天才正在突破的臨界點而已。現在這個時代，行業和行業之間隔閡那麼大，誰都不知道其他團隊什麼時候會有大突破啊。」

我：「所以你這麼積極樂觀，跟你相信科技會發展也有關係嗎？」

他：「當然了。其實，大概到了二〇五〇年左右，永生技術就可以出來了，那時候，我們每個人都可以把意識傳到電腦裡。你想想看，現在我才三十多歲，到了二〇五〇年，我也就六、七十歲，那時我就可以永生了。這麼一想，那麼我現在遇到的一些不順心的事，又算什麼？在永生面前，現在我們遭遇的一些事業上的不順心、情感上的挫折，根本不值得一提啊。這種痛，就像是針扎了一下你的手臂，一開始可能會有點痛，但是過個幾十年，你還會覺得痛嗎？肯定不會了。」

我：「你要是真這麼相信，那麼的確可以過得很樂觀。但是科技這個東西啊，也是要有錢才能用的，現在高科技產品很多，但愈是高科技，就愈花錢，所以，要高科技，還是要現在多賺點錢，對吧？」

他：「那只是現在。再過個幾十年，現在很多高科技，自然也就廉價了。到時，國家也會有很多共用科技設施的，而且民眾也會有很多的福利。那時候的生活，肯定比我們現在好多了。意識上傳，價格肯定像我們現在買礦泉水一樣便宜。」

我：「你這麼說也對，以後也不是沒有可能。不過，那都多少年之後了。」

他：「也就幾十年而已，很快就會到的。因為我們是註定會永生的。跟我一起活在這個時代的人，我相信都會獲得永生的。」

我：「哦？為什麼？」

他笑意更濃了：「因為有這麼一個原理：意識只會在永生之前誕生。一旦誕生了，就肯定會獲得永生。」

我：「什麼意思？什麼意識只會在永生之前誕生？古時候那麼多人，都沒有永生啊……」

他：「很簡單，你只要相信，古人不存在就行了。」

我：「什麼意思？」

他：「羅素不是說過一句話嗎？『你永遠不知道宇宙是不是五分鐘前才誕生的』。同樣地，你從來都沒有經歷過古代的生活吧？你出生的時候就已經二十世紀後半葉了，你怎麼知道宇宙過去一百三十多億年的時間存不存在呢？那些化石、古代的典籍，還有頭頂上的星空，都可能是一個看不見的惡魔故意偽造出來，故意把資訊植入你的大腦裡、騙你的啊。說不定這個宇宙也是五分鐘前才剛剛誕生的，你覺得你是個精神病醫師的記憶，也都是假的，只是一個看不見的科學家塞在你腦子裡的。」

我：「……你相信這樣的觀點嗎？」

他：「我不相信有那個看不見的惡魔或者科學家存在。但是，我相信，意識只在永生之前誕生。」

我：「具體是什麼意思呢？」

他：「這麼說吧，只要你承認宇宙真正的誕生，是在你出生的那一刻，而不是一百三十多億年前，宇宙大爆炸的時候就行了。那些什麼一百三十億年前的宇宙輻射證據啊，什麼多少萬年前的古代遺跡，還有古時候的書籍，都只是一個背景一樣的設定而已，只是一塊幕布罷了。宇宙也完全可以是兩百億年前，甚至兩千億年前誕生的，你也可以是美國人，或者中華文明歷史也可以是五萬年，而不是現在大眾說的五千年。我們是活在二十一世紀，還是活在三十一世紀或四十一世紀，這些都無關緊要，對於你來說，這些都只是隨機的一個設定而已。這個世界會像現在這麼設定，只是為了讓誕生在這個世界上的你活得更精采有趣的幕布而已。這個說法，你可能很難理解，但是你可以嘗試著先去接受。一旦你接受了這個觀點，那麼就可以理解我的意思了，你的意識的出生就是宇宙的誕生，而且，意識一旦出生，就一定會永生。為什麼我們恰好活在科技大爆炸的二十一世紀，而不是十一世紀呢？因為我們的意識，很快就要永生了啊。」

他的想法非常的瘋狂。甚至瘋狂到讓我有點窒息。可以說，他的話非常地唯心主義，假如一個人認定這個世界就是唯心的，唯物根本不存在，只是課本上建構出來騙你的文字而已，那麼，也許真的會被他帶進溝裡。

我：「現在，我終於知道你的心態為什麼會這麼樂觀了。」

他：「你也覺得我的這個說法有幾分道理吧？只要你這麼相信，你會覺得現在遭受的罪都不算什麼。如果以後永生了，可以活幾百萬年、幾百億年，你現在遭受的短短幾十年的罪、一點點的苦，根本什麼都不算。你現在，只是在為到達永生，做最後的衝刺而已。」

對於他的觀點，我是註定不可能找到反駁的觀點的，就算能夠找到，我也不會去嘗試著努力。

因為，相信他的觀點而活在這個世界上，也是一種莫大的欣慰。如果你真的相信了他的觀點，那麼，或許就會對生活充滿信心，內心變得更加積極樂觀，覺得光明的前景就在不遠的前方。

「不要為自己持獨特看法而感到害怕，因為我們現在所接受的常識都曾是獨特看法。」羅素的這句話，足以鼓勵你抱著對這個世界的一些奇特看法走下去。

活在這個永生前的盛世中，將是我們最大的幸運。

而對於那些不相信他的觀點的人，我也只想送給他羅素的一句話：「不用盲目地崇拜任何權威，因為你總能找到相反的權威。」

牆角的女人

當他進入到門診室時，我就可以看出他的病情已經不輕，因為他的每一個動作都是極其小心翼翼，就像是腳底下埋著地雷，稍有不慎，他就會粉身碎骨。

就連推門的時候，他都是謹小慎微、躡手躡腳，還特地扭頭向著門診室的四個角落看一看，最後好像確定什麼都沒有，才如釋重負地坐到了椅子上。

他點了點自己的太陽穴，道：「醫生，我覺得我的腦子出問題了。」

我：「別緊張，坐下吧。慢慢說，怎麼了啊？」

他：「醫生，我有時候，老是能看到，牆角有個女人蹲著……」

他的話一下就讓我雞皮疙瘩冒出了一小片：「哦？是什麼樣的牆都有女人蹲著嗎？像這個門診室的牆角有沒有？」

他搖了搖頭：「那倒是沒有……你的這個房間比較亮，牆角都照得很亮。沒有黑漆漆的地方，就沒有女人。」

我：「黑漆漆的地方？」

他：「對啊，在稍微昏暗一點的地方，牆角不都是有黑漆漆的陰影區域嗎？只要是在那些地方，我總能看到有個女人蹲著，好像抱著膝蓋，然後腦袋靠在膝頭上，頭髮又黑又長，拖了一地。」

我：「出現這種情況，最開始是在什麼時候？你覺得這件事有什麼根源嗎？比如說，你去過什麼地方？或者見到過什麼人？」

他：「的確是有原因的，出現這種情況已經有一個半月多了。」

我：「那根源呢？是什麼事情觸發了你看到你說的牆角的女人？」

他想了想，才從他的包包裡，小心翼翼掏出了一臺照相機給我，然後對我說道：「最開始，是因為我在家裡拍到了那個長頭髮的女人⋯⋯」

我漸漸感覺到了寒意：「拍到了那個女人？照片嗎？」

「不是照片，是影片。影片拍到的。」說著，他撥弄著單眼相機，然後調出了一支影片給我看。我懷著謹慎的心理，小心翼翼地接過了他遞給我的相機，然後開始看裡面播放的影片。

我：「你在家裡還用相機拍影片啊？」

他：「因為我的侄女來我家裡玩，她才一歲，我想給她拍一段影片，記錄一下，好讓她以後長大了能看到。照片是在我的房間裡拍的，那時我侄女在地上玩球。你注意看她身後的那道門。」

因為相機不是很大，螢幕也比較小，我必須瞇著眼睛才能夠比較清楚地看到裡面播放的圖像。影片本身的長度只有三分鐘多一點，拍攝的內容是一個穿著黑色連衣裙的女孩，在地上玩鏤空的塑膠球，因為女孩是坐在地上的，她的背後正好是背對著臥室的木門。

不過，影片一開始，這道木門是打開的，所以木門和牆壁是貼著的，門吸把門給牢牢地吸住了，所以我看不到門後面到底有什麼東西。但是，門和牆壁之間的距離，大概也就只有三、四公分，這樣的縫隙，肯定是躲不了人的。

這樣的影片大概過了一分半鐘，在那之後，房間裡的風突然大了起來，我看到女孩擺放在地上的塑膠球也被風給吹動了。同時被吹動的，還有房間裡的席夢思床單下襬。

他：「那時，房間的窗戶沒有關，正好屋外颳大風，然後風就吹進屋子裡了。你仔細看，別眨眼睛，馬上『那個東西』就要出現了。」

我開始屏住了呼吸，眼睛一眨不眨地盯著門的方向看，然後，就在某個時刻，風變得更大了，原本貼著牆壁的門，猛地被風給吹得離開了門吸，然後砰的一聲，重重轉動，狠狠地撞在門框上，然後又反彈了起來，又一次被門吸給牢牢吸住。之後，房間裡的人趕忙把窗戶給關了，之後房間裡也就沒有了風，門也就沒有繼續被吹動。影片到這裡結束。

我：「什麼都沒有啊。」

他：「不，你倒回去，仔細看門被吹動，然後彈起來前的一瞬間。」

他說著，幫我把時間倒了回去，回到門被風吹動的時候。他還特地放慢了播放的速度，好讓我看清楚畫面。

這次，我稍微仔細看清楚了，門被吹動的時候，後面的確留下了一塊陰影區，像是一團模糊的什麼東西。但是整個過程速度太快了，就算是放慢，我也還是沒有看清楚那裡到底有什麼。

連續放了幾次也沒有看出什麼來後，我開始有些失去耐心了：「就是一塊普通的陰影區而已，什麼都沒有啊。你是看錯了吧？」

他：「不，不是，還是太快了。你再放慢一點，放到最慢，一幀一幀地播放。」

這一次，他把播放的速度調整成一幀一幀的形式，然後把畫面定格在了門恰好被風吹得離開門吸，然後和門框緊緊閉合的一瞬間。

這一次，我終於看清楚了門後面躲著的「那個東西」。那一刻，我如墜冰窖，渾身都起了雞皮疙瘩。

的確，在牆角的地方，我看到了一張人臉，一個慘白的人臉，正直勾勾地向著影片拍攝的方向看過來。

從畫面上看，這是一個穿著黑色裙子的女孩，年紀不大，只有七、八歲，但卻有著一頭長到拖在地上的頭髮，好像和地上的影子融為了一體。當然，整體來說，這個女孩的身影還是很模糊，如果非要說是女孩，當然說得通，但是如果說是影子和牆壁上的白色的窟窿洞什麼的，也說得過去。

雖然只有那麼一幀的畫面，下一幀這個女孩就消失了，但光是前面那一幀的畫面，就已經足以讓人感到毛骨悚然。

這個女孩是抱膝蹲坐在地上的，腦袋靠著膝蓋，頭部脖頸卻是九十度扭曲彎折，而且向著影片拍攝者的畫面看過來。如果是正常人，脖頸是幾乎不可能扭曲到那種程度的。

他：「怎麼樣？現在你也看到了吧？牆角是不是有個女人？」

我：「更像是個小女孩吧。不過，這不就是錯覺嗎？牆角的地方太暗了，模模糊糊的，光線不好，所以造成了這種現象。這種事，很常見啊，不要自己嚇唬自己。」

他：「可是在那之後，我在別的地方也看到了。每次回家，我都會在開門的時候，看到大廳的角落好像有個人蹲著。一開燈，那個人又不見了。模樣和這個女人一模一樣。」

我：「這只能說是你的心理暗示太強了。因為這段影片，才會導致你出現一些錯覺。我教你一個方法，下次看到牆角的時候，別再去想什麼女人、女孩，你可以想想別的東西，比如好吃的蛋糕啊，或者美麗的花朵什麼的，這樣你就會安心很多。」

他：「你說的，跟別的醫生建議我的一樣，我試過，可是根本就沒有用啊。而且最近我反而變得愈來愈厲害了。本來只是回自己家會那樣，現在，我隨便在上班的地方，或者別的酒店廁所什麼的，也會在開門、開燈的一瞬間，看到這個女人。你說我該怎麼辦？現在我每天晚上在家裡，一定要把燈打開，把家裡弄得燈火通明，我老婆見到我這樣都受不了了。」

對於這個病人的情況，我也沒有更好的辦法，按照尋常治療恐慌症病人的方式，我給他開了一點藥，讓他精神不再那麼緊張，提高他的睡眠品質。可是一個療程之後，這個病人還是到醫院來了，說他吃了一個療程的藥，晚上睡眠是好了一點，但還是能夠看見那個女孩，藥只能治標不治本。

於是我建議這個患者去聽聽藝術治療中心的課。在那裡，這個患者碰到了都教授，我看到他們兩人就這件事談論了起來。

最後，在一番談話後，我看到這個患者面帶歡喜地離開，還謝過了都教授。我很好奇，於是上前詢問都教授，他用了什麼方法安慰這個患者？

都教授笑著說：「其實辦法也不難，就是讓他故意在家裡的每個牆角都放上一個色彩鮮豔的皮球。」

我：「皮球？為什麼？」

都教授的笑意更濃了，說：「要不然，你認為那個女孩在找什麼呢？」

事實上，他並不是我的病人，而是另外一名主治醫師的病人，但是因為那位主治醫師結婚，所以一段時間沒能夠來醫院，查房、詢問病人病情的工作就落到了我的肩上。

他住在開放式病房，而且因為病房剛退走了兩名患者，因此目前他還是一個人居住。當我進他的病房時，我被房間裡的景象給震撼到了。他簡直把病房給弄成了電子產品展示區，裡面堆滿了各種的零件碎片，除此之外，我還看到了筆記型電腦、各種電子鬧鐘，甚至還有一些用來檢測腦波的儀器，像是胸腹呼吸感測器、無線針孔監控系統、視覺刺激系統、腦波顯示螢幕。因為腦波檢測儀在院內很常見，所以雖然這個病人房間裡的檢測儀相對來說比較簡陋，但我還是一眼就認了出來。一般來說，像他這種儀器，主要還是用來檢測精神病患者的大腦，或者警方測謊用。

我還沒有說話，他就開口道：「等一下，馬上就好了。讓我把皮電參數設定完。」

我：「這個是用來檢測腦波的吧？這些東西你是怎麼搞到的？」

他笑了一下：「委託陳醫生代購的。你們醫院有進貨管道，我說我想時時檢測自己的腦波正不正常，所以花了點錢，他就幫我買了。特殊醫療用品，一般人進貨是比較難的，有醫生的話就好辦多了。」

我：「陳醫生幫你代購的？那你現在把這儀器拆開來幹麼？是壞了嗎？」

他沒有立刻回答，而是在主機鍵盤上操作了一會，把一些參數複製到了他自己弄的一個文檔裡，還編上了序號，才小心翼翼地關上了電腦，轉身跟我對話：「沒有壞，我只是稍微改一下，給它增加點用途而已。」

我：「增加什麼用途？」

他指了指腦波檢測儀旁邊的一個電子鐘，然後對我說道：「看到了嗎？我把檢測儀的皮電感測器的電線和電子鐘用線串了起來，之後我設置了一個開關，這樣一來，如果主機裡的資料達到了我想要的數值，電子鐘就會馬上響起。」

我被他弄得一頭霧水：「你怎麼懂這些電路的知識？」

他：「我會不知道嗎？我以前是電子資訊工程專業的，而且主要是搞硬體方面的研究。這些東西我還是能弄的。」

我耐心地問道：「不過我倒是看不懂。這腦波檢測儀價格不便宜吧？你把這機器給拆了，是要幹什麼呢？」

他笑了一下：「說出來，你肯定不會信。」

我故意猜測道：「你是不是想製造用腦波操控的機器？聽說現在有人就在製造一些腦控的裝置。」

他突然笑了，笑容裡甚至帶著點蔑視：「呵，那算什麼。我要造的東西，可不是什麼腦控裝置能比的。」

我被他勾起了好奇心：「那你到底想要造什麼呢？」

他笑著說：「時光機。」

我差點被他的話給逗笑了。剛才進房間聽他說各種儀器，我還以為他是一個貨真價實的精神正常的工程人員，但是現在聽到他的話，我的錯覺一下就消失了。

他：「不相信是吧？」

我笑著說：「你覺得用這些設備就能製造時光機嗎？我覺得還不夠，你看電影裡那些時光機，都是太空飛行器、火車那麼大才行，你的時光機這麼小，有什麼用？」

他：「你覺得可笑就說出來吧，你不相信也是正常的。正常人都不相信我。但是等我研究出時光機的那一天，你就會知道我的厲害了。」

我：「那麼，你現在研製好了嗎？」

他：「還差一點，遇到了點程式設計上的問題，現在我還在編一些自動搜索資訊的程式，等我把那些程式弄出來，也就差不多了。等到時光機研發出來的那一天，人類文明可就不是現在這樣了。那時，人類文明會直接飛躍，變成神級文明，直接跳躍幾個層級。」

我：「我問個問題啊，如果時光機的製造有這麼簡單，為什麼其他人做不出來，只有你能做出來呢？」

他：「這還用說，當然是因為其他人沒我聰明唄！他們笨啊，連這麼簡單的穿越時空的辦法都想不到。」

我：「那麼你是怎麼想到的呢？」

他：「其實是在做夢的時候想到的。話說回來，你應該聽說過很多傳聞吧，說做夢可以預知未來之類的傳聞？」

我：「哦，你說這些啊。這種話的確常常會有，很多人都說做夢夢到的東西，以後會變成現實，夢能夠預知未來。你說的時光機，就是做夢預知未來嗎？如果是這樣，那也沒有什麼好稀奇的，古人就有做夢預知未來的說法了吧？」

他：「差遠了，我的時光機原理可遠遠沒有做夢預知未來那麼簡單。那些說什麼做夢預知未來的人，都只是隱隱約約地感覺到了做夢能夠預知未來而已，他們那只是一種模糊的感覺。我現在的這個發明，跟那些做夢預知未來的原理完全不一樣，我比他們走得要遠多了。」

我：「我有點好奇，這具體是怎麼個原理呢？」

他低下了頭：「原理其實不難。但是說到底，我這個時光機能不能做成，也只有一半的機率。成功的關鍵，在於這個世界到底是唯物主義的，還是唯心主義的。」

我：「這和唯物主義還是唯心主義有關係嗎？」

他：「當然有關係。在中國，唯物主義和唯心主義的爭論很常見吧？在西方，也有身心二元論的說法。只要人的意識或靈魂是真的存在的，那麼，我的這臺時光機，就一定可以製作成功。相反地，那就只是一堆廢銅爛鐵了。所以退一步說吧，我的這臺時光機，就算最後失敗了，好歹也可以結束歷史上這麼多年來，哲學上唯心和唯物主義的爭論，也還是有一點學術意義的。」

我：「為什麼人有靈魂，就可以製造出時光機？你的意思是，靈魂可以穿越時空？」

他：「這個要一下解釋清楚有點難，因為一般人的智商不太夠。我就先問一個你可能碰到過的問題吧，你睡覺的時候，會不會定鬧鐘？」

我：「會啊。我一般都是開手機鈴聲鬧鐘的，免得上班遲到嘛。」

他：「這就對了。那你有沒有碰到過這樣的事？有時候你正在做夢，你在夢境裡聽到了手機鈴聲，然後驚醒？」

我：「有啊，這樣的情況很常見吧？有一次我正在做夢，夢見我在一片荒原上漫無目的地走路，然後突然手機鬧鈴響起來，我就醒過來了。這有什麼問題嗎？」

他：「有很大的問題。事實上，人每天晚上會做的夢，數量遠遠不止一個。一個人在晚上的時候，可能會做十幾個夢，甚至幾十個夢，但是你會記得的，往往只有你被鬧鐘吵醒時的那個夢。你剛被鬧鐘吵醒的時候，對那個做到了一半的夢，印象還非常深，對吧？」

我：「這……一般來說，都是這樣。剛剛醒來的時候，腦海裡做到一半的夢特別清楚，但是過個幾小時，就變得模糊了。至於半夜三更做的那十幾個夢，更是根本記不得了。」

他：「嗯，那你有沒有這樣的經歷？有時鬧鐘定錯了時間，比如說，本來你是早上八點鐘醒來的，鬧鐘卻定到了半夜十二點，然後你在半夜做夢的時候，被吵醒了？」

我努力地回想了一下，然後說：「被鬧鐘吵醒的情況倒是沒有。不過有時候，我半夜三更在做夢，有電話打過來，那時我的夢也會被打斷，然後醒來。而且這種情況也算是有五、六次了吧。」

他突然笑意變濃了：「所以這就很有意思了，不是嗎？為什麼你每次都只能記住你被吵醒時的那個夢呢？如果半夜三更的那個電話沒有打過來的話，那麼你肯定就會一覺睡到大天亮，然後等你第二天醒來的時候，你肯定是已經忘記了半夜做的那個夢，對吧？」

我：「對啊，一般來說就是這樣。」

他：「而且，你是不是也有這樣的感受？每次你正在夢中有比較強的自我意識或自我感受的時候，往往就意味著電話或鬧鈴會響起來？」

我：「自我感受？這是什麼意思？我不怎麼聽得懂。」

他：「簡單來說，就是你在夢境中存在感很強的時候。或者，你在夢裡有著和真實世界一樣的感受，而且在夢境裡意識到自己是一個『活著的個體』的時候。再直白點說，就是你在夢裡有了自我意識這樣的『存在感』的時候。」

我：「這就有點深奧了，只能模糊著理解一點。你的意思大概是想說，我半夜三更時雖然也做夢，但是醒來後那些夢是回想不起來的，但是如果是那些醒來之前，被外力吵醒的夢，我卻能夠很清楚地記得，是吧？」

他：「對。我有過這樣的感覺，有一次，我正在做夢，夢見自己被一隻野獸咬住，然後拖進了山洞裡，然後在那個時候，突然間，鬧鐘響了，我醒了過來，但當時我的記憶很錯亂，我以為自己還在夢裡，還在被野獸啃咬。那個時候，我的夢境從夢裡延續到了現實世界，有幾秒鐘的時間，我甚至分不清自己是在做夢還是已經醒來了。我說的那種做夢的『存在感』，指的就是你切身地感受到自己在夢境中，有一種身臨其境的『當下感』。而不是醒來後什麼都想不起來，直到別人告訴你晚上說夢話了，你才知道自己昨天晚上做夢了。」

我：「你是想說，夢有兩種類型，一種是自己記得的，親身體驗過來的夢，另外一種是別人告訴你晚上說夢話，你才知道做過的夢，是吧？」

他：「對，就是這個意思。」

我：「嗯，你這麼說我就理解了。」

他：「所以，你不覺得很奇怪嗎？如果你半夜三更說夢話的時候被人給吵醒了，你就會在醒來時，記得你說夢話期間的那個夢，而且那個夢甚至有幾秒鐘的時間可能會延續到現實裡，讓你分不清自己是不是還在夢境裡。但如果是第二天自然醒來的情況，你卻會不記得自己說夢話的時候，做過什麼夢。這兩種不同的情況下，你的感覺是很不一樣的，前一種你可以知道自己晚上做過什麼夢，在夢裡有什麼樣的遭遇和感受；而第二種，你卻只知道自己做過夢，不記得具體有什麼樣的夢中感受。」

我：「嗯。是這樣的。」

他：「所以，把邏輯顛倒一下的話，就很有意思了。假如某一天，你雖然還沒有醒來，但是正在夢境之中感覺到自己有了『切身感』，你在夢中突然有了很強的存在感，這其實也就意味著鬧鐘將要響起來了，不是嗎？」

我：「這個……可是你說的『存在感』這個概念，有點太模糊了。」

他：「這個你需要慢慢體會。簡單來說，就是當你突然有了那種將要被鬧鐘吵醒前的夢才會有的感覺的時候，也就意味著鬧鐘要響起來了。否則的話，如果是自然醒來，你的腦海裡不會有你在夢境中的各種感受的記憶。」

我：「稍微有點複雜。你是想說，我在做夢的時候，就已經能夠預知鬧鐘會響起來了？」

他：「你總算是懂了我的意思！如果在夢中的那個你突然有了很強的主觀感受，就意味著你馬上要被鬧鐘給吵醒了！夢裡的那個你其實已經預知了未來！你已經預知到了鬧鐘會在幾秒鐘後響起來！」

我被他的話給唬住了，大概是因為他突然拋出的這個結論太過驚人，我一時間也沒有立刻想到他話裡的漏洞。

他：「所以說，全世界的人都是多麼愚蠢啊！其實每個人都能夠靠做夢預知未來，偏偏沒有人發現這件事！其實我們每個人都能靠做夢來預知未來，至少，我們能夠在夢中提前幾秒鐘感覺到鬧鐘馬上要響起來這種事！」

我：「嗯……我先不想你的話對不對，可是，就算只能預知幾秒鐘鬧鐘要響起來這種事，又能有什麼用途呢？」

他：「預知幾秒鐘只是個開始。牛頓發現蘋果落地、萬有引力存在時，他也沒有想過以後萬有引力定律會在工業上有用途吧？同樣地，我發現做夢能夠預知未來這件事，現在雖然才只能預知幾秒鐘，但是以後呢？如果我稍微改良一下，預知幾個小時、幾天，甚至幾十年，或者一直到宇宙的末日，都是可以做到的！那時候，人類就是神！人類文明直接變成神級文明！你想想，那是多麼宏大壯麗的圖景！」

我：「那你現在找到改良的辦法了嗎？」

他得意洋洋地笑了：「當然已經找到了。而且，我已經打算用這個方法來買彩券或炒股票了。」

我：「哦，那具體打算怎麼做呢？」

他：「這個需要一些儀器的說明。首先，就是這臺腦波檢測儀，它可以檢測我的腦波波動，我睡覺的時候一定要戴著它，這樣，當我在夢中自我意識突然變強時，它就可以根據腦波的波動，知道我馬上要醒過來了。同時，因為我的房間很安靜，會醒來的原因，只能說是被鬧鐘給吵醒的。也就是說，當腦波檢測儀檢測到我的自我意識變強，它就相當於預測到鬧鐘馬上要響起來了。」

我仔細地把他的話想了想之後，才謹慎地問：「嗯，那然後呢？」

他笑著說：「我的電子鬧鐘是被我改良過，設定過特殊時間的。我舉個例子吧，假如有一個抽獎活動，中獎號碼的公開時間是在六點整，而獎券的號碼是〇六〇〇〇三，然後，在六點的時候，我的筆記型電腦會自動在網路上搜索獎券的號碼，然後根據獎券的號碼，把鬧鐘把我吵醒的時間自動修改成「06:00:03」，而我每次在夢中，從自我意識變強到醒來的時間都是十三秒鐘，這樣一來，如果腦波檢測儀在「05:59:50」時發現我的腦波自我意識加強了，那麼，腦波檢測儀就會自動增加十三秒鐘，也就相當於推斷出了中獎號碼就是〇六〇〇〇三。然後，接收到了腦波資料的主機，就會利用人工智慧程式，直接在網路上購買編號為〇六〇〇〇三的那個中獎號碼，這樣一來，當我醒來，我就可以中獎了。」

他的話非常繞，我思考了老半天，才理解他的意思。大概意思是，因為在夢中自我意識加強，就意味著鬧鐘將要響起來，所以根據鬧鐘響起來的時間，他就可以用自己編號的抽獎程式來抽獎。

「可是，抽獎號碼不一定每次都是〇六〇〇〇三這麼巧吧？有時還可能是十多位數呢。」

他：「抽獎號碼的具體數字是多少並不重要，我只是舉個例子，就算是一二三四五六七八九〇這麼長的數字，你也可以做出特別的鬧鐘來啊。比如說，可以把鬧鐘時間精確到零點一秒，甚至，還可以給鬧鐘設置不同的音樂，不同的音色、音訊和音量，也都可以代表不同的數字。反正只要增加夠多的維度，來把獎券號碼轉換成鬧鐘鈴聲就可以了。舉個例子，如果你被〈月光奏鳴曲〉吵醒，就代表數字一，如果被〈義勇軍進行曲〉吵醒，就代表數字九九九，這樣不就能區分更多中獎號碼了嗎？」

我：「嗯……好像是這麼一回事，雖然總覺得哪裡好像不太對。」

他：「那是因為你接受的訊息量太大，一下沒有轉過來而已。但是我的理論極有可能是正確的。到時候，我的這臺時光機可就厲害了，除了中獎之外，其他領域我也都可以運用。」

我：「其他領域？」

他：「是啊，比如說金融，比如說政治，甚至國家間的軍事戰爭，還有個人的幸福。甚至，各種科學理論、數學難題的證明和證偽，都可以瞬間解決。比如說，黎曼猜想、哥德巴赫猜想，這些數學界的難題，只要用了我的時光機，就可以瞬間全部解決。」

我：「這要怎麼解決呢？」

他：「想辦法把做夢的時間延長就可以了啊。假如你做夢的時間長達幾十年，鬧鐘就不是在你夢中自我感覺強的幾秒鐘後響起，而是在你做夢的幾十年後才響起，那麼，你就可以把幾十年來，人類文明的各種科學數學研究成果瞬間獲得了啊。而如果你的夢可以延長到幾萬億年，你甚至可以獲得這幾萬億年來，人類文明的所有科技研究成果，這樣的話，你可以想想，人類科技的發展會有多麼可怕？那簡直就是一步登天，瞬間成神啊！」

他的情緒非常激動，甚至連我都多多少少被他的這一分激亢和熱情所感染了。

但是很快，他又有些無奈地說，目前這個時光機技術面臨的問題還是很多，自動購票的程式只是其中之一的問題，其他還有如何延長做單個夢的時間，以及如何保證他每次都能在鬧鐘響起的十三秒鐘內立刻醒過來，這還需要一定的訓練。如果不解決這些問題，時光機還有點遙遠。但他也很樂觀地說，他說的這些問題，都不是什麼大問題，因為這些問題都是可以靠現有技術解決的；等著他的，甚至等著全人類的，都將是一片光明的未來。

當然，他也已經考慮到了失敗的景象，他苦笑著說：「如果時光機真的失敗了，被證明是理論上不可能的，那麼只能說明，唯心主義是錯誤的，人根本沒有什麼自我意識，每個人都不過是一臺臺行屍走肉般的機器而已。不管怎麼樣，如果能結束幾千年來的哲學爭論，也是有意義的。」

我不知道該如何評價他。

至少，從他的邏輯和理論來說，我都找不到什麼漏洞。而且，如果他真的研製了時光機，對人類來說，也是福音。

因為我無法判斷他的理論是否錯誤，從那次談話之後，我就再也沒有進他的房間去打擾他，就算是偶爾經過他的房間，也是輕悄悄地。

因為，我不想拖累人類邁向神級文明的步伐啊。

流動的生命

不是我值班的日子裡，偶爾有空，我會和都教授一起去距離精神病院不遠的公園走走，因為那裡空氣清新自然，環境幽靜，而我們都喜歡散步。不少患者都會到公園裡來散步或做戶外運動。在這裡，有時也能夠遇上一些比較有趣的人。

那是一個休息日，當我和都教授在公園裡散步時，我看到了一個奇怪的女子。她光著腳，穿著一件無袖的白色半身裙，站在一棵老榆樹下，仰頭靜靜地望著老榆樹的樹葉，就像是被樹上的什麼東西所吸引了。

那時，我並沒有太過在意。因為在這個公園裡，你幾乎什麼樣的人都能碰到。

但是，一直到我和都教授快要散步結束，我們經過那棵老榆樹，卻發現那個女子依然仰著頭，靜靜地望著老榆樹上的樹葉，默默地觀看。

我終於忍不住好奇了。

我走上前去，問道：「這樹上是有鳥嗎？」

聽到我的聲音，她還是在原地站了好一會，才慢慢轉過頭來，用一種朦朦朧朧的眼神看著我，就好像沒有睡醒。這時我才發現這個女子比我想的要年輕，而且長得還挺美。

她靜靜地看著我，半天後，才用一種沒睡醒似的語調問我：「你覺得這是樹嗎？」

我一下被她奇葩的反問給問住了。我看了看她眼前的老榆樹，說：「這難道不是樹嗎？這棵榆樹有些年代了吧？長得倒是還挺好看的。」

她搖了搖頭，說：「這不是樹，這是貓。」

都教授也笑了：「為什麼說這是貓呢？」

她指了指老榆樹正下方，挨近樹根處的一個小小土堆，然後說：「半年前，一隻貓埋在了這裡。現在樹把貓的營養吸收了，樹就是貓。」

我明白了她的意思，點了點頭，笑著說：「你是說，樹的養分有一部分是來自貓的屍體，所以樹的一部分原來是貓的，是這個意思吧？不過啊，樹也有很多養分是從空氣裡的二氧化碳裡得到的，也有一些是從蟲子啊、泥土裡吸過去的。」

她：「所以，它是貓，也不是貓。它也是鳥，是蟲，是老鼠，是人。」

我覺得有點毛骨悚然：「怎麼還會是人呢？難道這棵樹下面還埋過人？」

她看著我，說：「沒有。但是，我說的是真的。不單單是這棵樹，你的身體裡，也有五十個原子是來自愛因斯坦的。」

我看向了一旁的都教授，笑著道：「你相信她的話嗎？」

都教授笑著說：「為什麼不相信呢？她說的是事實啊。打個比方，一個人身體裡的物質循環出來後，就擴散到了整個世界，只是密度不一樣。打個比方，你喝過的水，就被無數人喝過。你呼吸過的空氣，也被無數人呼吸過，當然，也有無數人呼吸你呼吸過的空氣。所以從這個意義上來說，我們的身體裡，的確有一部分來自愛因斯坦，甚至可能來自牛頓，來自達文西。她說的，是有道理的。」

都教授的回答讓我一時間無言以對。

她：「其實說到底，還是界線的問題。」

我：「界線的問題？」

她：「沒人知道沙漠和陸地的分界線在哪裡，也沒人知道地球大氣層和太空的分界線在哪裡。我們，都只是模糊著在看這個世界。生命也是一樣的。沒人知道生命和生命的分界線在哪裡，也沒人知道人和人的分界線在哪裡。每個人，都是你中有我，我中有你的。」

她的思想多少讓我的內心有所觸動。

我：「你是怎麼產生這樣想法的呢？」

她沉默了一下，然後開始說出她的故事：「你是說，我想關於生命本質的事嗎？」

我：「是啊。你剛才說的不就是嗎？我很好奇你為什麼會想這些。」

她的臉色變得悲傷起來：「我家人死了。」

我臉上的笑意一下子消失了，看著她臉上的悲傷情緒，我意識到自己開啟了一個不適合的話題。

她：「車禍死的。帶我弟弟去燒烤的路上，撞上了一輛載著花木的卡車。」

我：「這樣……不好意思，看來我不該問這件事。」

她搖了搖頭：「沒關係，你想知道，我也可以跟你說。我跟很多人都說過。」

我：「嗯……你總是想這些嗎？」

她淡淡地苦笑：「我家人死了之後，我想了很多關於生命是什麼的東西，也看了很多這方面的書。有段時間，每天晚上我躺在床上，都會想，我將來會怎麼死？在很多年後，我要死的那一刻，是什麼樣的感覺？我可能是躺在床上，呆呆地面對著一片雪白的天花板。也可能是在家裡的客廳裡，躺在躺椅上，看著周圍的子女。一想到將來死的那一天，我就連睡覺的心情都沒有了。」

我：「死亡是每個人都逃避不了的事。與其想那些東西，先想想當下的日子該怎麼過不是更好嗎？反正死這種事，什麼時候來，不是自己能掌控的。」

她：「也許吧，當然，現在我更感興趣的，不是我什麼時候死了。而是人死之後會發生什麼。看了很多書後，現在我明白，死是不存在的。」

我：「死不存在？這不是我們一般說的死吧？」

她：「是啊。人死之後，就會被分解，身體裡的各種成分，就會被其他物體吸收了。可能是被蟲子吃了，也可能被植物吸收了，也可能被動物吃了。」

我：「然後你想說，死了的人，身體被植物吸收了，就變成了植物。然後植物被動物吃了，又會變成動物，動物被人吃了，又會變成人？」

她笑了：「你也這麼想過，是吧？可是很多人，都只是有這樣的想法而已，沒有多少人真的去驗證過。」

我：「你驗證過？」

她搖了搖頭：「我沒有。但是有人做過這方面的研究。那是美國的化學家舍恩海默，他做過這個實驗。他在胺基酸裡標記了一種叫『重氮』的化學元素，然後把這些胺基酸餵給小白鼠吃，一段時間後，舍恩海默又從小白鼠身上收集了一些蛋白質。他驚訝地發現，小白鼠身體的蛋白質裡，也有了重氮這種元素。這說明，餵給小白鼠的那些化學物質，已經變成了小白鼠身體零件的一部分。我們看到的小白鼠，雖然還是小白鼠，但是其實，牠們已經不是最開始的小白鼠了。牠們是另外的東西組成的。所以，我明白了，生命的本質是流動的，就像是一條條奔走的河流，從西流到東，從北流到南，我們看到的一個個生命，都只是這些河流中途暫時匯聚成的一個湖泊罷了。而這個湖泊裡的水，其實也是在緩慢地流走著。」

我：「看來，你真的看了很多這方面的書。」

她：「是啊，我看了很多，也真的思考了很多。所以我不擔心死亡。死亡只是生命漫長流動的一個過程而已，就像竹子的竹節一樣，過了這一節，就到下一節去了。」

我：「可也正因為生命短暫，所以每一節才寶貴，不是嗎？」

她：「是啊。要多做善事。」

我：「多做善事？你信佛嗎？」

她：「信一點。但是要做善事的原因，不是因為信佛。」

我：「這是怎麼說呢？」

她：「你想想，在以前，做善事的人，會請別人吃飯吧？古時候人吃的菜，很多都是自己種的，而他們的菜，都是用他們的糞便澆灌的。你給窮人吃飯，你的一部分就留在了他們身體裡。等你死了以後，你就會變成他們之中的一個，或者變成他們的某一個後代。」

我：「變成他們的某一個？不過，就算按照你的說法，那麼多人身體裡都有你的成分，你怎麼知道你變成他們之中的哪一個呢？」

她：「當然是看比例多少了。身體裡有你的成分比較多的那個人，就是下一個你，少一點的，就不是了。你想想，如果你多做善事，就可以很快投胎成人。但是如果你很自私，不做善事，不肯把自己的一部分分享給別人，那麼，你就只能從蟲子從頭開始了。」

我：「如果你說的是真的，那仔細想想，也是很慘啊。哈哈。」

她：「是啊。除了請別人吃飯，捐血也是做善事。因為捐血也是把你一部分的生命給別人。還有捐獻器官，也一樣會把你的一部分擴散出去。為什麼人和人之間要互相幫助呢？我想，其中一個原因，就是對每個人來說，他人都是自己將來投胎的軀殼吧。幫助別人活下去，其實也是在幫助來生的你自己。」

她的世界觀其實並不是完美無瑕。在她的信念體系裡，她認為人死了以後，死者的靈魂會轉移到生前擁有你最多零件的那個生物體中去。她說，每個人新的一天醒來時，都已不再是自己，而是昨天的靈魂和進入你體內的他人靈魂混合後，產生的新靈魂。

我不知道該怎麼反駁她的觀點。當然，比起該怎麼反駁，更重要的是，她的觀點，值不值得去反駁？

如果她的觀點可以讓這個世界更美好，真與假、對與錯，又真的那麼重要嗎？

離開了公園之後，我和都教授去了附近的麵館吃飯。這次，是他特地請我的，說那家麵館的味道很不錯，值得去品嘗品嘗。事實上，那家麵館，我以前也吃過。

吃飯的時候，我們談論起之前遇過的那個女子說的，關於生命本質的話。我問都教授，對於那個女子的觀點，他怎麼看。

都教授笑著說：「你想問我什麼呢？問她說的是不是真理？還是說，值不值得去信任？」

我：「不，我沒那個意思。我只是想問，你覺得她的話裡有沒有什麼漏洞？」

他：「那當然有。事實上，按照她的理論，一個男人去和其他女人瘋狂亂交，將自己的一部分留在其他女人體內，也是一種傳播自己『靈魂』的極佳方式。」

我一下說不出話來了。因為都教授的這句話，一下就戳中了我走來的一路上，內心覺得迷惑卻又沒有想透的一點。

他：「但是那不重要。重要的不在於這個世界是什麼，而在於我們要什麼。費耶阿本德是個有趣的哲學家，他說過一個有趣的理論，就是這個世界沒有真正的真理，這個世界是多元的。科學也並不比神學、神話，或者形而上學之類的東西更能夠提供一個讓人信服的世界觀。」

說到這裡，我和他都笑了。

吃到一半，我繼續問他：「那麼，你對於靈魂，還有人死後的感覺之類的觀點，是怎麼看的呢？」

都教授停下了筷子，說：「你覺得今天這碗麵怎麼樣？」

我：「還可以。」

他：「事實上，這裡的主廚已經換人了，五、六天前剛換的。但是在我吃來，麵的味道沒有太大區別，知道為什麼嗎？」

我：「一般來說，一家店都有配方和食譜，就算換了廚師，口味差別也不會太大吧。」

他：「對，對於一家店來說，只要食譜留了下來，那麼就算廚師換了，味道也不會差太遠。所以，靈魂也可以是一樣的。就算組成你身體的零件，或者說生物分子換了，你難道就不是你了嗎？」

我：「所以你相信有靈魂嗎？」

他：「那就看對靈魂的定義了。事實上，靈魂可以是一種功能。一輛車的零件偷偷換了很多，但是只要外形和功能讓你分不出來，那麼它就還是那輛車。如果你的朋友還能用和昨天一樣的口吻跟你聊天，那麼對你來說，他就是有和昨天一樣的功能，所以他也是昨天的那個靈魂。」

我：「所以，你的意思是，我們看一個物體，應該看它的功能，而不是看外觀？」

都教授：「對。我們要用看功能的眼光來看別人，而不是看別人長什麼樣。只要你朋友看到你，還會對你展露出微笑的表情，那麼他的『朋友』功能就還沒有喪失，你也可以認為他還是你的朋友。就算他可能胖到你可能都認不出來了。用功能的觀點看這個世界，而脫離具體的外觀，這可以讓我們收穫很多。」

都教授的話讓我沉思良久。或許他說的都是很淺顯的道理，但是把話抛出來後，卻總能引發人向另一個世界思考。

吃完麵後，我和都教授動身返回醫院。路上，我們又經過了那個公園。在花圃外，我居然看到那個女子依然靜靜地佇立在那棵老榆樹下，而她的眼角，似乎還帶著點淚光。

也許，是因為之前我們和她的那番談話，讓她想起了傷心往事？

我不知道。

但是當我吹著風，打著飽嗝向前走時，我卻突然想到了一個問題：如果生命是流動的，一切都是你中有我，我中有你，那麼我剛才下肚的那碗麵裡，又藏了多少她的淚水呢？

時間衝浪

大學期間，他曾經研究過數理邏輯，但是後來放棄了，沒有繼續深造，而去銀行做了一個信貸員。由於他對數理邏輯的執著，使得他對數學依舊極其痴迷，以至於他已經三十多歲了，卻依然對異性交往沒有什麼興趣，一有休息日，他就喜歡把自己鎖在公寓裡，對著一張紙、一枝筆、一杯咖啡，就能夠消磨一個下午的時光。我會跟他接觸，其實也純粹是出於偶然。

他：「你能想像，如果這個世界沒有因果律，那會怎麼樣嗎？」

我：「沒有因果律？這個世界不就亂了套嗎？那真是很難想像。」

他笑了：「其實也不難。因為這個世界的因果性，其實是承認兩個東西有差別。比如說，蘋果撞到了香蕉，香蕉又撞到了西瓜，就是一個因果事件，對吧？先有蘋果，然後有蘋果撞到了香蕉，然後又有香蕉撞到了西瓜，這個因果關係，很容易想像吧？」

我：「是啊。所以呢？如果沒有因果，那會怎麼樣？蘋果撞了香蕉，結果動的卻反而是西瓜？」

他搖了搖頭，又笑了：「不，那不算是沒有因果。蘋果撞了香蕉，西瓜卻動了。那不過是一種新的因果，叫做間接因果，但本質上還是屬於因果範疇。沒有逃出因果這個圈子。這種畫面，你還是可以想像的。如果真的沒有了因果，你連想像都很困難。」

我：「哦，比如說？」

他：「比如說，一個蘋果，它本身既是香蕉，又是西瓜。這樣一來，你就根本沒法定義什麼是蘋果撞西瓜，什麼是蘋果撞香蕉了。你很難想像蘋果自己撞自己的畫面吧？」

我：「這麼說，我好像是明白了……我是很難想像出來，一個東西自己撞自己。這就好比自己的腳踩在自己的腦袋上？」

他：「有點像。其實，我說的這個，在數學上也有類似的概念，就叫做『自我指涉』悖論。不管什麼事，只要涉及到了『自我指涉』，就會出現悖論。我們的日常語言裡，其實經常犯這樣的毛病。比如一些網友總是說『中國人素質低』，但是說這話的人，卻忽略了自己也是中國人。還有比如『這個教室裡一個人都沒有』，但其實說這句話的人沒有考慮到自己的存在。這是生活上的一些自我指涉問題。」

我：「悖論這個東西我算是知道一些。數學上就有很多悖論的東西，像是理髮師悖論之類的。」

他：「對，理髮師悖論就是個經典的悖論。一個鎮上有位理髮師，他只給不給自己理髮的人理髮，那麼就會出現他給不給自己理髮這個問題。如果他不給自己理髮，那麼他就屬於『不給自己理髮的人』，所以應該給自己理髮。但是如果他給自己理髮了，那麼他就屬於『給自己理髮的人』，那又改不理髮了。」

我：「嗯，仔細想想，這些例子我們生活中很容易發現啊。不過，悖論和你說的因果性又有什麼關係呢？」

他：「我想說的是，悖論，其實就是和因果性相對的東西。我們的數學，本質上就是基於因果性的。比如說，數學的基礎，一加一等於二，其實就承認了因果性才能成立，它假設了兩個一能夠放在一起，然後能夠加起來，一加一等於二這個問題的關鍵在於『加』這個符號，而不在於一和二的問題。加號的本質，其實就是因果性。但是很多思考一加一為什麼等於二的人，卻經常忽略加，他們不會思考，為什麼兩個數可以相加呢？其實，本質上就是因果性的存在。」

我：「原來如此。原來一加一等於二還有這種思考的角度，算是大開眼界了。」

他：「是啊。我說的，其實是羅素考慮的問題，他就是從加號著手思考一加一等於二這個問題。但如果悖論存在，那麼一就是二，二就是一，那麼一加一等於二這個算式，也就無法成立了。」

我：「真有意思。不過，你平時研究的就是這些東西嗎？」

他：「我剛才說的，只是比較基本的。我只是發現了這個世界的真實面貌，比很多人都要走得遠了。」

我：「這個世界的真實面貌？」

他：「對，就是關於因果性的。我們平常觀察的這個世界，其實只是一個更大的真實世界的一部分而已。我們生活著的這個世界，是『因果性』世界，但是『悖論』世界，我們根本掌握不到。你想想看，平常你生活中的各種現象，不管是天上的星辰、地上的汽車，或者是周圍的物體，本質上都是嚴格遵守因果律的，必然有前因後果，對吧？」

我：「是啊。」

他：「所以我們的大腦，也是只能夠適應有因果性的世界。對於充滿了矛盾的『悖論世界』，我們的大腦根本感覺不到，就像你看不到紫外線、紅外線一樣。人的認知，其實被約束在了『因果性世界』這個狹窄的視野裡，這是非常可惜的。」

我：「那你對『悖論世界』的研究有進展了嗎？」

他的笑容變得更神祕了：「當然有。而且在研究過程中，我發現了時間的本質。」

我：「時間的本質？」

他：「嗯。時間的本質，根本不是很多人原先想的那樣，像河流、箭頭一樣向前走。」

我：「那是什麼樣的呢？」

他：「時間的本質，是命題的『擴充』。」

我：「哈哈，這我可真的完全聽不懂了。」

他：「哈哈，是比較複雜。簡單來說，就是這個世界上每個命題，都是『不完備』的。打個有點擦邊球的大眾化比喻，就是說，一句話說得太滿，就往往會出現漏洞。在數學裡，具體點說，就是一個數學上的形式系統，要麼存在矛盾、不自洽的情況，要麼就是有命題沒法判斷。你想要判斷一個命題是對還是錯，就只有加入新的公理了。但是就算你加入了新的公理，還是會出現新的你沒辦法判斷的命題，或者是命題本身出現矛盾。」

我：「太複雜了。」

他：「我來舉個例子吧，就是說，你想區分『天鵝』和『猴子』的區別，於是你就要定義，天鵝是有翅膀的生物。但是有翅膀的動物太多了。所以你又得說，天鵝的脖子要很長。但其實鴨子脖子也很長，於是你又要說，天鵝的眼睛旁邊黑黑的，但也有鳥類眼睛周圍是黑的……於是你不斷加入新的條件，不管怎麼加入，條件總是有漏洞，總是有例外。」

我：「有點明白了。可是，這跟時間有什麼關係呢？」

他：「其實很簡單。如果你把人腦的思考當成電腦的計算，我們的思考過程，就是一個不斷把舊命題加入新公理，來讓命題不出現矛盾的過程。我剛剛不是說了嗎？我們的大腦只能感覺到因果性的世界，而感覺不到有矛盾的世界。所以，在我們感知到的這個世界裡，就會有『時間』這個東西存在。時間的本質，是我們大腦在計算過程中，不斷把命題擴充開來的過程。我們看到的客觀世界，看到的外界物體，就是不斷進入我們已經有的命題系統裡的『新公理』。時間的本質，就是命題擴充的這麼一個計算過程。」

我：「還是有點含糊。你也說了，一個命題既有矛盾的，也有自洽的，那為什麼我們能感覺到的，只是自洽的命題呢？」

他：「因為我們的認知，就是在因果性和邏輯的基礎上的。如果邏輯粉碎了，那我們根本就形成不了認知，自然也就感知不到那些矛盾的過程了。」

他頓了頓，繼續道：「打個比方。你看過電影吧？在電腦上看影片的時候，有時候不是會卡住，然後影片畫面倒退幾秒鐘的情況？」

我：「對，是有這種情況。」

他：「那就對了。影片裡的畫面，既可以快轉，也可以倒退，也可以卡幀，導致畫面出現扭曲或倒退、跳躍的情況。但是對於電影裡的那些角色來說，他們是感覺不到電影快轉、卡幀、倒退的情況的。電影裡的他們還是會覺得自己的生活一切正常，和昨天沒什麼不同，但有可能，他們的生活已經循環或卡幀了幾百次、幾萬次了，只是影片倒退時，記憶也一起倒退清除了，他們自然也就不知道了。」

我：「這麼說倒是很好明瞭。你的意思是，當這個世界出現『矛盾』的時候，我們是感覺不到的？」

他：「對，就是這個意思。其實這個世界分為『因果』的一面和『矛盾』的一面。因果的一面，就是影片正常播放的情況；矛盾的一面，就是電影卡幀、倒退、快轉的情況，但是電影裡的人只能感覺到電影情節有邏輯進行的情況，所以他們感覺不到這個世界『矛盾』的那一部分。」

我：「聽起來倒是有點讓人起雞皮疙瘩了。如果這個世界真的會卡幀、倒帶的話，說不定我們現在的談話，也已經不是第一次了？」

他笑著道：「是啊。說不定是第二次，也可能已經是幾百次、幾萬次進行這段對話了。」

我不禁皺了皺眉：「那按照你的研究，你能知道咱們這個世界什麼時候會卡幀，什麼時候會快轉，什麼時候會倒帶嗎？」

他搖了搖頭：「這個我目前倒是還沒有研究出來。如果我能研究出來，那我可就成神了。說不定還能發明出時光機了呢。哈哈。」

我：「發明出時光機？」

他：「對。你想想看，如果時間是不斷地在前進和倒退之中，有時候甚至會循環，那麼如果你能好好利用這種循環，你就可以到時間的任何一個刻度上去。在我眼裡，時間就像是海上的一朵朵浪花，浪花的谷底代表正常的流逝，浪頭翻捲就代表時間的循環。而浪花，有的時候是前進的，有的時候是倒退的，所以海上的船隻也會跟隨著浪花的前進而前進，後退而後退。如果你有辦法把船隻暫時固定在高空中，不接觸浪花，那麼當浪花從前進變成後退的時候，你再落下，就相當於回到了過去；當浪花前進，你如果又從懸置的狀態落下，那就相當於跳到了過去。用這種時間衝浪般的辦法，時光機，就不再是夢了。我說得對吧？」

我：「嗯。不過仔細想想，你把時間比喻成浪花，但其實時間並沒有真正倒流吧？因為浪花有時候雖然會倒退，但是每一次倒退的，都不是同一個浪頭，不是嗎？」

他笑著說：「對。時間衝浪並不是真的穿越到過去，而是在未來的時間軸上出現了一個和過去一模一樣的時間段。如果你有辦法離開時間的浪頭，把自己懸置在高空中，然後等一段時間再落下，你落下的那個浪頭，也許和你最初離開的那個浪頭雖然很像很像，但是，終究不是同一個。過去的某段歲月，為什麼就不能出現在未來呢？是吧？如果時間是循環的，那麼也許時間再前進一秒，我們這個世界就會倒退，回到恐龍時代。但是再下一秒，又會回到我和你談話的這個時間段。如果有人能夠穿越時間的話，會覺得未來時間段的你我，和現在的你我是同樣兩個人，但其實，對於現在的你我來說，我們已經死了。活在那個未來時間段的我們，只是和我們很相似的複製體罷了。」

我：「所以確切點來說，其實比喻成電影倒帶、卡幀，不是太準確吧？我覺得有點像是電影拍攝現場的『重拍』。有時候為了拍一場戲，演員可能會把一個動作重拍幾十次，雖然每次演員重拍的臺詞和動作都差不多，但是根本上，還是不一樣的。」

他：「看來，你是真正理解我的意思了。你這個比喻很恰當。」

因為專業的差異，對於他的那些深刻思想，我始終無法完全參透。他說的到底只是他編造出來的空想，還是事實，我也無法證明。但是我想，如果他說的都是真的，那麼，他恐怕真的會以一己之力，為人類世界打開一道嶄新的大門。

從這一邊的因果性世界，到達另一邊的矛盾世界。

只是，如果他的理論是真的，那麼，此刻的「我」，又是第幾次產生這樣的想法了呢？

融化的人臉

從演化心理學的角度來說，人類天生就有一種對人臉圖案敏感的心理機制。有的時候，你盯著大理石磚的時間長了，會漸漸覺得上面的圖案和花紋看起來就像是一張張的人臉。甚至有的時候，鐵鍋裡的荷包蛋、樹皮的褶皺，從某個特殊的角度去看，都會顯現出人臉的形狀。事實上，這是因為人腦中存在負責人臉識別的梭狀回，這種大腦功能是數百萬年來人類進化的產物，而且從兒童時期到二十多歲成年，其體積是不斷增長的。也就是說，成年人更容易從一些複雜的圖案之中看出人臉來。

曾經我遇過一個病情嚴重的患者，他總是能從家裡的地板上看出人臉，而且他深深地相信，地板上的那些人臉就是真人的臉皮掉落之後，融化在裡面的。這個有著妄想性障礙的患者在院裡甚至鬧出過事，他將自己的臉皮割下了一大塊，覺得這樣自己才是個真正的人。這件事當初在院裡也不算是一件小事了，好在院內高層及時控制了口風，才沒讓事態擴大。

而我這次見面的病人，和之前那位割了自己臉皮的病人，既有相似之處，也有很大的不同。事情還要從我們之間的第一次交談開始。

他：「很多人認識的自己，其實並不是他認為的那個自己。」

我：「哈，這句話很有意思，不過我聽說過很多遍了。每個人都不了解自己，這很正常的，對吧？畢竟人有潛意識這種東西。」

他：「我不是這個意思。我的意思是，你真的知道自己長什麼樣嗎？」

我：「要知道自己長什麼樣，照照鏡子就知道了吧？」

他搖了搖頭：「可是鏡子裡的那個你，是左右相反的。你活了幾十年，可是認識的自己，只是一個左右相反的自己而已。雖然和你的容貌接近，但終究不是你。甚至，你把你的五官左右顛倒之後，會驚訝地發現，自己居然都認不出自己，完全變成另外一個人了。」

我：「不過，不是還可以拍照嗎？現在手機自拍這麼方便，自拍的時候不就能看到自己的臉了嗎？我們又不是古人，對吧？」

他笑了：「自拍的確是個辦法。我當初就是因為自拍，才第一次真正認識了自己……或者說，是更進一步認識了自己。以前手機不發達，我也很少拍照，所以每天看自己，都是透過鏡子來實現。我對自己幾十年容貌的印象，都是來自鏡子，直到後來有了智慧型手機，我開始自拍時，才發現，自拍裡的我跟鏡子裡的我，居然差別那麼大。甚至大到了像是兩個人。」

我：「不過這也很正常的，沒有什麼好奇怪的吧，畢竟左右顛倒嘛。有些人髮型是不對稱的，左右顛倒一下，可能氣質的確會大變樣。」

他笑著說：「而且，一般斜劉海的髮型，都是向一個人的右側傾斜的，這是因為，其實人的視覺，會本能地在意左側的事物，就一個人來說，人看到左邊的事物是先於右側的，人也會無意識地注意自己左邊的物體。所以，如果一個人的斜劉海是往左傾斜的，那麼在外人看起來，就會有點怪。」

我：「這個我以前倒是沒了解過，原來還有這樣的講究啊。你是理髮師嗎？」

他：「我不是理髮的。我也是聽別的理髮師說的。」

我：「哦，這樣啊。那你現在的症狀，具體是什麼樣的表現呢？」

他開始為難地皺起眉來：「其實問題就是……就是我看人的臉時，覺得他們的臉開始融化了。」

我：「融化？」

他：「對。就是融化了。就像有時候你盯著一個漢字看，看的時間久了，就會覺得那個文字居然漸漸陌生了。我現在的情況……跟那種情況就有點相似，但是也差得有點遠。我想應該不是一回事。」

我：「能更詳細點說說嗎？」

他點了點頭，然後喝了口自己帶來的礦泉水，繼續講述：「每個人眼裡的自己，都會比別人眼裡的漂亮百分之二十。這一點，你聽說過嗎？」

我愣了一下：「有這種說法嗎？哈哈，倒是沒有聽說過……」

他：「你可能沒聽說過，但這是事實。其實每個人都會在潛意識裡對自己的外貌打一個偏高的分數，每個人都是天生的自戀狂，是有自戀傾向的。而且，不單單是對自己，對自己熟悉的人，比如家人，也會打稍稍偏高的分數。因為熟悉了，看著也會順眼一點。」

我：「你這麼一說……有時候的確是這樣。」

他：「對，所以你很可能會覺得鏡子裡的自己挺帥的，但是如果你突然不用鏡子照自己，而是改用手機自拍來照自己，你就會突然覺得自己變醜了，或者時髦點說，就是顏值下降了。直到你經常自拍，時間長了，才會又覺得自己順眼。這需要適應的時間。」

我：「那你說的人臉融化，又是怎麼回事？」

他：「就是融化。或者說……開始變得不對稱。也不知道從什麼時候開始，我只要盯著一個人的臉時間長了，就會發現他的臉漸漸開始融化，就像塑膠跑道上密密麻麻的顆粒似的，邊緣慢慢變得不那麼規整光滑，然後……再過一會兒，就是整張臉都給歪了。」

我忍不住笑了：「臉都給歪了？」

他苦笑：「就是歪了。再清楚點說，就是整張臉，左右開始不對稱了。其實，如果用尺去量一下，那人的臉還是左右對稱的，但是我卻怎麼也看不出那個人臉對稱的樣子來了。這真的非常煩人。」

我：「之前有去眼科看過嗎？」

他：「看過，但是我的眼睛做過檢查，沒有毛病。」

我：「嗯……最開始出現這種情況，是什麼時候？有什麼事刺激了你嗎？」

他：「沒有，真的什麼也沒有。具體什麼時候開始，我也記不清了，大概有一年多了。我也是莫名其妙地從某天開始，就發現自己長時間看著一個人的臉，會逐漸看不清那個人的對稱模樣，就像地震中的大樓似的，那個人的臉，會愈來愈不對稱，愈來愈歪，到最後，簡直像畢卡索畫的人一樣，沒有了透視線，根本沒法看了。有時候我甚至想，畢卡索會不會當初也得了和我一樣的病，晚期才會開始畫那種奇奇怪怪的東西。」

我：「這還真是有點奇怪，要不先做個大腦檢查吧？」

之後，他在院內做了腦檢查，照射CT之後，這個病人排除了大腦存在器質性病變的可能性。也就是說，他這種症狀是功能性的，或者，是精神性的。在物理上，怎麼也找不出原因來。

這一度讓我陷入為難的境地，但後來，我想到了一個辦法。那就是故意給這個病人看一些臉不對稱的人的圖片，進而調整他的審美觀。

有趣的是，這個病人在長時間看一些臉不對稱的人的面孔時，居然反而能夠將那些人臉給看成左右對稱的正常人臉。

這真的可以說是讓我大開眼界了一回。於是，透過長時間讓他看不對稱人臉和對稱人臉的方式，我嘗試著一點一點矯正他的審美觀。

除此之外，我還讓他練習畫人臉，看看他自己畫出來的人臉是怎麼樣的。

經過差不多一個半月的治療後，這位患者的病情已經很輕了，他來到我這邊回診時，笑著感謝我說，透過我建議的方法，他的病情幾乎消失，他已經能夠正常看到人臉了。

我笑著說，這當然最好不過了，能夠恢復，我也替你高興。

可是，在這名患者微笑的背後，我卻始終感覺到了一絲絲的不安。他的笑容裡，似乎總帶著一點詭異的不自然。

一直到他離開後的那天晚上，我躺在床上回想了他回訪我的整個過程，我才想到了問題所在。

他對我微笑時，臉部肌肉是左右不對稱的。

左眼很自然地睜得很開，而右眼卻彷彿用盡了全身肌肉的力氣一般使勁地擠壓著。

那一剎那，我突然想起了蘇格拉底的一句話：「能左右世界的人，首先是一個能左右自己的人。」

魚人

如果接下來這個病人的發言讓你感到不適，我想這是很正常的，因為絕大多數的人聽到他的發言之後，都會感到不適。因為他的發言就像是一隻惡魔的手，會把人裹得嚴嚴實實的心理外衣，一件一件地剝落下來，露出最為內在的自己。但是，這個所謂的「最為內在」的自己，是否每個人都能夠接受，那就是個問號了。

至少在我看來，人是多面的。就像一臺電腦有很多的零件，你不能指著音響說那就是電腦的本質，是電腦的功能，你最多只能說電腦有播放聲音這一功能而已。人性也是一樣，你不能說人在極端時表現出來的一面是真實的，只能說人可以表現出這樣的一面，或者說原來人還有這樣的一面，但是你不能認為那就是人類的真實面貌。事實上，美好與和善，也可以是人本質的一部分。

他：「不知道你聽沒聽說過這樣的說法，人類胎兒在母親肚子裡的演化過程，和動物的進化過程很相似，甚至是極大程度上重演了動物的進化過程。」

我：「這個我倒是知道，而且的確有一些解剖學和發育學上的證據支持。聽說，人類胚胎的發育過程會依次像魚、蝌蚪、爬行類、哺乳類動物。是這樣，對吧？」

他：「對，看來你是真知道。當然其實這個觀點現在也不算太新鮮了。我要說的是另外一個問題，這個問題比胚胎發育更有意思。」

我：「哦？什麼問題？」

他：「人的成長。其實，人的成長過程，也是一個動物進化的過程。很多人側重於胚胎發育，以為人出生之後，這種胚胎發育過程的進化重演現象就停止了，其實不是。人出生之後，還會繼續發育，繼續走動物進化的道路。」

我：「哦？」

他：「比如說，剛出生的小孩，其實智力還是魚類的層次。一直到了一歲、兩歲、三歲、四歲，才慢慢變成爬行類、哺乳類動物。但是哺乳類也是分層次的，比如說狗的智商層次，猴子的智商層次，然後才到人的智商層次。」

我：「這個倒是通俗易懂，可以理解。大腦畢竟有個成長的過程嘛，等變成人之後就好了。」

他：「那你就錯了，完完全全地錯了。」

我：「為什麼錯了？」

他：「因為，人類後天發育的，只是很小的一部分，就像電腦一樣，中央處理器啊，硬碟啊，等等最關鍵的硬體其實已經裝好了，後天發育只是稍微增加了一些外接鍵盤、寫字板、滑鼠之類的東西。雖然也重要，但不是最重要的，就算沒有那些東西，電腦也能照樣運行。」

我：「你為什麼會這樣想呢？」

他：「因為事實就是這樣的啊。你把大腦解剖之後，最外層就是人類的邏輯處理層，然後裡面是哺乳類，然後是爬行類，再之後是魚類的大腦部分。人類的大腦就像個俄羅斯娃娃一樣，一層套著一層啊。」

我：「這個我知道。我看過關於大腦分層的理論，而且以前也有人跟我討論過這個。」

他：「但是你知道的還是太膚淺了。你只知道它的原理，卻還沒有深入認識到其他更本質的問題！」

我：「更本質的問題是什麼？」

他：「那就是，我們每個人，其實本質上來說都是魚。或者說，是一條條的魚人。」

我：「這個無非就是換個名詞而已吧，但是對象畢竟還是一樣的。」

他：「這很不一樣。因為如果你把人當成魚來看，就可以解決很多的問題。」

我：「比如？」

他：「比如魚類有洄游現象吧，對比中國的春節，是不是覺得很相似？」

我：「這個完全風馬牛不相及吧？洄游跟春節怎麼能是一回事？大部分魚類洄游都是為了繁

殖後代吧？春節跟這個有什麼關係？」

他：「不，洄游分為生殖洄游、索餌洄游、越冬洄游。其實，人平常去外地工作就是尋找餌料，回家過年就是一種集體洄游現象。」

我：「嗯……就算這樣勉強能解釋，也不算什麼吧？」

他：「哈，剛才只是舉個例子。其實還有更相似的地方。比如說，你從地鐵上下來的時候，會往哪走？」

我：「往電梯走吧。」

他：「但是如果你在一個陌生的城市，剛下地鐵，不知道電梯方向呢？你一下車，會不會自然而然往人多的地方走？即便他們去的地方是洗手間而不是電梯，你也會自然而然地那麼做？」

我稍稍想了想，最後還是點了點頭：「有時候是這樣的……不過那樣主要是習慣吧？」

他：「魚類也是這樣的，包括候鳥遷徙。牠們也是不假思索地就那麼做了，就像人下了地鐵之後，不約而同地往人多的地方走，就算帶頭的人把他們帶到了錯誤的地方。你說，人和魚，是不是很像？」

我：「只是比喻層面的相似吧。不相似的地方不是更多嗎？」

他：「你聽我慢慢說來。其實我不是單單想說人和魚的相似，我是想說，雖然每個人都在隨著時間成長，甚至成年之後思想成熟了，但其實那都是表象而已。其實哪怕一個人到了七、八十歲，他的本質還是跟小孩子差不多的，還是魚類的思想層次，只不過他們更會偽裝了而已。小孩喜歡玩具，成年人喜歡木刻雕塑，喜歡木偶娃娃；小孩喜歡玩具車，成年人喜歡汽車；小孩喜歡彈珠，成年人喜歡圍棋……其實本質上都是一樣的，只不過孩子沒有足夠的智力，也就是足夠的『外接鍵盤』來支援他們的娛樂，所以只能玩稍微差一點的。」

我：「小孩子的確能反映成年人啊，所以不是有句古話叫『三歲看大，七歲看老』嗎？」

他：「對。但是這所謂的三歲看大只是個性層面，我說的是普遍性層面的。」

我：「普遍性層面？」

他：「剛才不是舉了下地鐵之後，往一個方向走這種普遍性的例子嗎？其實還有很多的普遍性，因為小孩所有的常見行為，成年人都在重複著。比如說，小孩都是習慣衣來伸手、飯來張口吧？你去看那些有錢有勢的人，那些有特權的人，不就要傭人、下人伺候嗎？其實這種心理，就是小孩需要父母親伺候，需要他們餵飯穿衣的心理延伸而已。別看那些特權者有權有勢，其實他們的內在反而退化了，退化到了小孩的階段。不是有很多新聞，一些官員去考察，結果連鞋帶都不會繫，連衣服都要別人給他穿，甚至不知道皮帶怎麼扣，連一些農作物都分不清，鬧了很多笑話嗎？」

我：「這只是一部分吧，不能代表全體啊。個案哪都有。」

他：「例子可多著呢。一個例子可能說明不了什麼，但是如果十個例子、一百個例子、一千個例子都佐證我的觀點呢？如果一個理論有一千個證據支持，哪怕它再怎麼荒誕，科學家也會考慮接受的。很多成年人都有不成熟的表現，比如說，遇到了一點事，就開始抱怨。其實抱怨這種行為，也是一種小孩的不成熟的表現，是延續了衣來伸手、飯來張口的思維。」

我：「是嗎？」

他：「就是這樣的。小孩子喜歡向成年人撒嬌，比如說，讓成年人給他買玩具，給他買吃的，如果成年人不滿足他，或者達不到他的期待，他就會鬧脾氣，對父母說不滿意。成年人長大了之後呢？他們的父母已經老死了，他們向誰撒嬌，向誰說自己得到的成果不滿意，向誰說自己的辛勞沒有收穫呢？沒有。但他們小時候撒嬌抱怨的習慣卻還是保持了下來，所以在成年之後依然會干擾他們。真正心理成熟的人，遇到問題時，想的不是抱怨，說別人如何如何，或者某個外在物如何如何，而是要自己動腦筋，想辦法主動去解決，這才是一個人思想成熟的表現。」

其實我覺得他的話多少有一些道理，但整體來說，還是非常勉強。不管怎麼說，按照他的思路去理解一些事物，還是非常有意思的。

他繼續道：「再比如說，在小孩眼裡，世界就是非善即惡，或者說，非黑即白的。你對我不好，你就是壞人；你對我好，就是好人。很多成年人也都依然有這樣的思想。小孩子因為父母都照顧著他，整個家庭都圍繞著他旋轉，所以他會產生『我就是這個宇宙的中心』這樣的念頭。而很多人成年之後，依然會因為慣性而有這種想法。有些可能是真心認為自己就是這個世界的主宰，這些人當了主管之後，他們喜歡對別人頤指氣使，命令別人，讓別人去辦事，其實就和小孩手指著桌子上的蘋果，說給我拿來是一樣的。而有些人則是在社會上遇到了挫折，發現自己沒有那麼重要，但潛意識裡還是會把自己看作高於其他人，比如說，在倒酒時，先給自己倒酒而沒有想到別人，直到別人提醒才發現。或者去別人家裡吃飯，把自己喜歡的菜轉到自己的面前來，別人卻沒得吃。這些可能是潛意識的，反映出了成年人處於小孩大腦發育裡，『魚人』階段的心理。」

如果之前我對他的理論還不太接受，那麼說到了現在這個分上，我倒真的開始有些感興趣了。因為他說的這些現象，我的確在不少人身上都看到過。有些，甚至是真的有涵養的知識分子。

我：「這樣的人……倒還真的是有。」

他：「是，而且很多，對吧？我觀察過很多人，不管是教養好的，還是約束力強的，其實只要你仔細觀察，都能在他們身上發現魚人的成分。當然，這還不是最可怕的。還有更可怕的地方。」

我：「更可怕的地方？」

他：「比如說，小孩子不但會覺得自己是宇宙的中心，甚至還會覺得自己是萬能的，因為他們只要指著一個東西，就會有大人給他。他們在家裡可以隨意操控任何的玩具，眼界只在一個家裡，因為可以控制家裡所有的東西，所以他們的控制欲很強。這種覺得自己萬能的強烈控制欲如果走入社會，那會如何？他們會覺得自己就是對的，自己就是真理，別人的話一句也聽不進去。你看過網路上貼吧、微博或者其他論壇的言論嗎？你自己去看，會發現，很多人都覺得自己是真理，哪怕另外一個人擺出道理來，他也是不會聽的。他就是覺得自己是對的，而且還固執地不肯改變自己的觀點。

「甚至，有些人心裡覺得自己的觀點錯了，但是為了顏面，還是強行找藉口說自己對。其實，要面子這種心理，也是小孩在魚人階段的心理。小孩做錯了事，最會推卸責任，比如說兩個小孩吵架，肯定會紅著臉說『他先打我的』。其實成年人，還有很多人民的心理，就是這種小孩推卸責任和認為自己是真理的心理延伸。

「那些從小在家裡習慣了自己是真理，自己可以控制一切的人，到了社會上，往往會格格不入。到最後，他們一事無成，甚至會報復社會，或者自殺。就算有些運氣好，成功了，如果讓他們手握重權，也會非常可怕。他們可以無視法律，完全按照自己的情緒來辦理事情，覺得自己爽的，就通過審核，覺得不爽、看不順眼的，就直接把你給封殺了，就是這樣。」

他的言論讓我覺得毛骨悚然，有種彷彿冰水漸漸滲入我的衣服，然後又深入皮膚、透入我的靈魂的刺痛感。

魚人，魚人……

如果按照他的邏輯走，真的不難發現，我的生活中，這個社會上，到處都是魚人。

到最後，我甚至有些後悔了。

一來是後悔和他的談話，但是另一個後悔，是我最開始對他的言論，也抱有一些藐視的心理。也許，我也在不知不覺中，被藐視他人、覺得自己才是真理的「魚人」思維所左右了？

真正的死亡是遺忘

「人的一生，要死去三次。第一次，當你的心跳停止，呼吸消逝，你在生物學上被宣告了死亡。第二次，當你下葬，人們穿著黑衣出席你的葬禮，他們宣告，你在這個社會上不復存在，你從人際關係網裡消逝，你悄然離去。而第三次死亡，是這個世界上最後一個記得你的人，把你忘記，於是，你就真正地死去。整個宇宙都將不再和你有關。」

美國神經科學家大衛．伊葛門曾在《死後四十種生活》中提到過這段話。

這本書猜想來生的奇妙景象，描繪了各種光怪陸離的現象，如人死之後，其實是重新體會一次你的人生，只不過順序倒轉，你會從老人變成年輕人，然後從年輕人變成小孩，最後回到母親的子宮。而且，在死後的世界裡，你可以重組人生經歷過的事件順序，如連續做愛七個月。而且，這本書裡還提出，我們有可能是掌控整個宇宙命運的巨人。種種宛若精神病人般的神奇景象，在這本書中都有提及。可以說，《死後四十種生活》這部作品，也是激勵我動筆寫下種種怪誕的精神病人內心世界的動力。

關於人生的死亡有三次這句話，最初我在閱讀《死後四十種生活》時雖有感觸，但這種感觸只是蜻蜓點水，稍縱即逝，並沒有那麼深入。直到在一次我和都教授的談話之後，才深深地明白了這句話所衍生出的更深層意義。

那天下午，在陽光明亮的病房裡，我和都教授聊起了最近院裡的一些見聞。

那時，都教授突然問我說：「你見過最傷心的人是什麼樣的嗎？」

我：「最傷心的人？如果不說電視、電影裡的，大概是有次參加我親戚葬禮時，他姐姐在他爸墳前哭得差點脫水暈過去那次吧。那時周圍的人想把她拉走，她都不肯走。」

都教授：「親人死去，世界上比這更傷心的事，也確實是不多了。我就見到過一個人，他從小在單親家庭長大，只靠他媽一個人把他撫養大。有一天，他在讀大學的時候，突然接到了鄰居的電話，說他媽在家裡一氧化碳中毒死了。知道這件事後，他就一直哭，差不多每天都哭，接連哭了兩個禮拜。他覺得他沒有盡到孝敬媽媽的責任，還因為之前和他媽吵架的事而愧疚。」

我：「突然失去親人，是最痛苦的吧？如果是慢性的疾病，其實大多數人有了心理準備，還會好一些。」

都教授：「是啊。人的心理其實是有一個預備機制的，如果母親是得了癌症慢慢死去，那麼兒女就會在死前幾年或者幾個月就做好了準備，不管是經濟上還是內心上的準備都已經極其充分。就算母親去世了，內心雖然也會難過，但是程度上會比突然聽到母親去世的情況要輕很多。其實，這兩種感情不太一樣，慢性死亡對於一部分人來說，是參雜了照顧親人的麻木和厭倦的，而突然的死亡帶給親人的，除了回憶帶來的悲傷，還有恐懼、擔憂、懷疑等等的情感。兩種情感如果細細剖析，就會發現其實很不相同。」

我：「是啊，這個世界上，很多事情看似簡單，但一件事背後包含的情感，卻可能非常複雜啊。這樣的人，我也見過很多。你說的那個大學生，後來怎麼樣了？」

都教授：「在他媽死後，他哭了兩個多禮拜。在那之後，他雖然沒有再大哭，但有時還是會一個人默默流淚，而且在之後的幾年時間裡，他內心還是很憂鬱，沒能順利從悲傷情緒裡走出來。甚至，他還想過自殺。當然，最後被人給制止了。」

我：「也還真是可憐。」

都教授：「後來，一次偶然的機會，他來找我，和我談了話。我跟他整整談了一個下午。」

我：「談了什麼？」

都教授：「關於生和死之類的話題。他滿腦子都是這些話題。當時，他還問我，該不該結束了自己什麼的，他說有時夜深人靜，會覺得自己活下去沒有意義，因為他沒有了牽掛。」

我：「你當時怎麼跟他說呢？」

都教授笑了：「其實也沒什麼。我只是告訴了他，一些我以前思考過的關於生和死的想法。我想這些話，對他多少有些幫助吧。」

我：「既然是你說的話，我想肯定是有一些啟發性的地方。我也想聽聽看。」

都教授笑著說：「我告訴他說，他的媽媽其實還沒有死。」

我：「啊？你是說他媽媽還活著？」

他：「是還活著，但是，看你從什麼意義上看了。」

我：「你是說，活著這個概念，有很多意義，是嗎？」

都教授：「是啊。活著這個詞，其實有很多層次的意義。不過，我是從生命的本質上說的。從生命的本質上來說，他的媽媽還沒有死。」

我：「這是什麼意思？」

都教授：「我問你，人的本質是什麼？」

我：「如果從醫學上來說，人就是各種基因、水分、營養物質、骨骼，還有一些微生物等物質和化學成分組成的，一個系統的整體吧。如果是從物理學的角度來說的話，人的本質就是一堆有機分子的組合物。」

都教授：「從科普角度來說，權且可以說是正確。但是，從另一個角度來說，卻不是。人這個系統，除了細胞、組織、器官、骨骼的組合，或者有機大分子的組合之外，還有另外一個可行的定義。那就是一套演算法。」

我：「演算法？」

都教授：「對，人的本質可以是一套演算法。這是電腦領域的概念。在電腦領域，演算法是具有遷移性的。一套相同的演算法，我可以在這臺電腦上執行，也可以在另一臺電腦上執行。從物理角度來說，人的一生，就是構成他的各種資訊在幾十年時間裡，按照一套獨特演算法的一次計算。而從另外一個角度來說，我們這個宇宙，也是一臺非常精密的電腦。絕對沒有一絲的疏漏。」

我：「你說的這些就有些複雜了……我們的宇宙是一臺電腦，這個想法很多人都提出過。他們說，我們這個宇宙裡的所有粒子啊、粒子團啊，之類的物質，都是按照一定規律進行的計算。所以你的意思是，如果演算法一樣，在一臺電腦和另一臺電腦，結果都會一樣，是嗎？」

都教授：「就是這個意思。你知道『虛擬機器』這個概念嗎？」

我：「聽過。不過我不是電腦專業的，要說得很清楚就做不到了。」

都教授：「虛擬機器，簡單來說，就是你在一臺電腦內部再製造出一臺較小的虛擬電腦，然後用那臺小電腦進行計算。打個比方，就像俄羅斯娃娃一樣，一個大娃娃裡有一個小娃娃。」

我：「嗯，這麼說的確更容易理解。」

都教授：「所以假如世界上有一臺電腦，記錄了一個人的演算法，然後進行再次計算，那麼那個人，從演算法的層面來說，也就可以認為還沒有死。而這個世界上，除了宇宙這臺電腦之外，還有很多其他的電腦。也就是虛擬機器。」

我：「你的意思是，人腦？」

都教授笑了：「對，人腦就是虛擬機器。宇宙是一臺大電腦，而人腦是這臺大電腦裡，不計其數的小電腦。在大電腦裡，一個人或許死了，但是，如果有人記住了那個人，在腦海裡還保留著他的資料，深深地記著有關那個人一生的演算法。雖然在大電腦裡死了，但是在小電腦裡，在認識死者的人的腦海裡，他依然活著，那麼做為一道演算法，他就始終活著。只有記得死者的人忘了他的時候，死者，才是真正的死亡。」

我：「……」

大概是看我陷入漫長的沉思之中，都教授趁機喝了一口茶，然後笑著說：「現在你應該知道我的意思了。被人遺忘，才是一個人真正的死亡。那天，我是和那個學生這麼說的。如果他死了，那麼，他的媽媽，才是真正死了。只要他活著一天，他的媽媽，就會一直和他同在。」

也許都教授的話有點心靈雞湯的意味，但是對於一顆受傷的心來說，這就是最好的治癒吧。

和都教授談話之後，我常常思考，自古以來，人們就相信靈魂的存在。

靈魂，從某種意義上來說，是不是也是一套演算法呢？

古人相信，死去的人會以另一種方式存在這個世上，甚至成為自己的守護靈。相信這一點的古人，又是否早就隱隱意識到了演算法這一概念？

不論如何，如果將生命看作一種演算法，對於那些失去了深愛之人、滿心創傷的人來說，都是一塊極溫暖的膏藥吧。

時間纜車

遇到她，並不是在院裡，她不是我的病人，我也不是她的醫生，對雙方來說，我們都只是沿著各自時間軌跡匆匆而行，然後在某個路口擦肩而過的路人。

但我覺得，我和她很像。至少，在某些方面。

和她碰面，是在玉龍雪山大索道，我們乘坐同一趟纜車。那時，纜車懸掛在高峻雪山的半山腰，我們腳下，是白茫茫的雪地，真的是萬川如雲，銀裝素裹，美不勝收。

我和她相對而坐，只是以陌生人的身分，隨口感嘆著雪山的美景。

那時，她突然笑著問我：「你是第幾次坐纜車了？」

我如實回答說：「我還是第一次來玉龍雪山呢。」

她搖搖頭：「不是這個意思，我不是問你第幾次來玉龍雪山。我只是問你，你是第幾次乘坐纜車？」

我笑了笑：「大概是第五次了吧。以前也去過黃山啊，泰山、普陀山之類的地方，都乘坐過纜車。」

她笑著說：「我很喜歡乘坐纜車的感覺。已經是第八次來玉龍雪山了。」

我：「你很喜歡玉龍雪山的風景啊。」

她搖搖頭：「雪山只是其次，其實我更喜歡的是坐纜車的感覺。我選擇玉龍雪山，是因為我家離這裡比較近。」

我笑著說：「坐纜車的感覺的確很好，就好像自己搭乘一座看不見的手扶梯，慢慢向著天空中去，穿過草地，穿過雲層，穿過雪山，然後去天國。」

她：「是的。這是坐纜車能給人的感覺。不過，我喜歡坐纜車，倒是因為一些別的原因。」

我：「別的原因？」

她笑道：「每次坐纜車的時候，我總是能夠想起一些別的東西。關於宇宙，關於這個世界，各種雜七雜八的念頭都會有。當然，最多的，還是關於時間。」

我：「時間？」

她：「嗯。以前，我經常思考，時間到底是什麼，它到底是什麼樣的。在去年我第一次乘坐纜車的時候，我突然想明白了。時間，就該是纜車的樣子。」

我：「為什麼這麼說呢？」

她笑著說：「因為時間就是這個樣子的。在很多人的觀念裡，時間好像是一個箭頭，或者說，是一條管道。不是有個比喻嗎？歷史是一條長河，從過去，從宇宙大爆炸開始，一直流淌到現在。如果我們逆著河流的方向走，我們就可以回到過去，去到歷史的某個時刻，見到歷史上的一幕幕景象，見到過去的人。如果我們沿著河流前進的方向走，我們又可以去未來。可是，事實上，這只是人們的一種幻覺，真正的時間，並不是這樣的。」

我：「那是怎麼樣的呢？」

她看了看窗外的雪景，說：「我說過，就像是纜車。真正的時間，就像是一列在虛空中前進的纜車。過去和未來都不存在，只有代表這一刻的纜車存在。如果我們想要回到過去，或者去未來，就像是打開纜車的門，向前，或者向後跳一樣，只會落入虛無的深淵。」

我：「也就是說……過去和未來，都不存在，是嗎？」

她：「是的，過去也好，未來也好，都不存在。真正存在的，只是現在，只是當下的一瞬間。」

我：「這個倒是真的很難想像，畢竟世界上有很多的證據，證明時間是存在的。比如說，我抬頭看星空的時候，那些星光，都是從很遠的地方來的吧？它們可能是從幾億光年遠的恆星發射來的，那麼，如果沿著這道光的軌跡，我們還是可以畫出一條時間軸的，不是嗎？」

她笑了：「這你就錯了。你不懂相對論吧？如果你真的懂，你就會明白，所謂光線從幾億光年外傳來，代表著那是幾億年前發出，這種說法，是完全錯誤的。那些科普書上說的，一光年是光走一年的距離，其實，很誤導人。」

我：「不會吧？這是什麼意思？」

她笑著說：「你的觀念需要轉換一下。其實，幾億光年外的光，是瞬間來到地球上的，只不過，那光背後代表的恆星，演化的時間慢了幾億年。也就是說，幾億光年外的恆星發出的光，是和其他十光年、一百光年、一千光年外的恆星發出的光同時來到地球，然後被你看到。」

她的話給了我極大的震撼，甚至可以說是完全顛覆了我過去幾十年來建立的宇宙觀。

我好奇地問她：「你是研究物理的嗎？」

她笑著說：「我是物理系畢業的。當然，現在只是個初中老師，但是有空的時候，我也會思考很多關於這個宇宙的事情。其實，我一直想寫一本科普書，去糾正一些過去物理書上錯誤的觀點。我剛才說的，幾億光年外的光線其實是瞬間到達地球，只是那道光線代表的恆星發育晚了幾億年，這觀點才更接近我們的真實宇宙。」

我：「是嗎？真的是很顛覆常識，給我一種當頭一棒的感覺。」

她：「如果你有興趣的話，我還可以告訴你一些更有趣的觀點，也是關於時間的。我想，這個觀點，可能會更顛覆你的認識。」

我：「是什麼呢？我很感興趣。」

她笑著說：「其實，我們這個宇宙的時間是不均勻的，就像無數碎片拼成的拼圖一樣，離地球愈遠的地方，時間跟地球也就愈不同步。」

我：「不會吧？」

她：「事實就是這樣的。按照正常人的理解，全宇宙的時間是同步的，如果我能乘坐超光速飛船，或跨過一道時空傳送門，我就瞬間可以去十億光年外的恆星那邊。我到那顆恆星上時，那顆恆星和太陽的演化是同步的，可能年齡都是五十億年。但其實並不是這樣，如果你真的是超光速，去了十億光年外的那顆恆星上，你會發現，那顆恆星的年齡，其實只有四十億年。」

我的呼吸開始變得急促起來，因為她的觀點是完完全全地顛覆了我的宇宙觀。在過去，我認為這個宇宙的時間是連續的，是平滑的，整個宇宙的時間，都是同步的。可是現在聽了她的話，我對於宇宙的看法，卻是完全改變了。

在我的腦海裡，這個宇宙變成了一個支離破碎的魔術方塊。每一塊空間，彷彿都是一個封閉的小方塊；每一個小方塊內的時間，都和其他方塊的時間不同。

我：「這個說法真的嚇到我了。這麼說，科普書上那些關於時間的說法，都是錯誤的嗎？」

她：「也不算錯誤。科普書終究是給不了解物理學的普羅大眾看的，但是科普書裡關於宇宙樣貌的說法，跟真正研究物理學的人看到的宇宙圖景，完全不是一回事。甚至可以說……是雲泥之別。」

我：「這麼說的話，任何兩個人之間的時間，也是不同步的，不是嗎？」

她：「是啊，嚴格來說，的確是這樣的，只不過人和人之間的距離太短，還不至於表現出時間不同步的情況。其實，我們每個人，都只活在自己的時間封閉區域內。一個站在你十公尺外的人，和你存在的隔閡，除了空間，還有時間。在這個世界上，只有自己和自己的時間才是同步的。一個在月球上的太空人，他其實比現在在地球上的你要年輕一秒，只不過，當你花了十年的時間走到他面前，他的成長時間是十年零一秒。也就是說，他會比你多成長一秒鐘。所以在你們握手的一瞬間，你們的時間才會同步。」

她的話給我的啟發是巨大的。在關於時間問題上，幾乎沒有第二個人給我更多的啟發。

我真的很希望向她了解更多的問題。

關於時間，關於宇宙。

可是遺憾的是，當我想要開口詢問時，我們的纜車已經到達了終點。

我有些無奈地對她笑笑，她也是淡淡地笑著，衝我揮了揮手。

在雪山相對而視之際，我們都沒有說話。

然後，就這樣，在我的目光注視下，她淡淡笑著，裹緊了白色的棉衣，戴上頭罩，轉身而去，消失在了玉龍雪山白茫茫的縹緲雲霧之中。

彷彿去了另一個時間封閉區。

女性化時代

見到他，是我一個同事的請求。

他說，他的親戚有個兒子，現在已經快三十歲了，卻不想結婚，因為他有女性恐懼症。他害怕跟女性說話，害怕和女生見面，甚至，在電視或者電影裡看到女性，他都會感到渾身不自在。這給他的家人帶來了極大的困擾，因為他已經到了該找結婚對象、組建家庭的年齡了。

於是，在一個週末，我抽空去見了他。

他在軟體公司上班，那裡幾乎都是男性。而我則是和他約在飯店裡吃飯，我們一邊吃飯，一邊聊天。

看他熟練地點單，我好奇地問他：「你是不是經常來這裡吃飯？」

他：「只來過幾次，我選這裡，是因為這裡的服務員都是男的。」

我：「我聽你叔叔說了，你不喜歡跟女生交往，這是真的嗎？」

他：「差不多吧。我從小到大，都不怎麼和女孩子說話……小時候稍微好一點，長大之後，除非真的有必要，不然我都是盡量不和女性說話的。」

我：「為什麼呢？能說說原因嗎？」

他：「如果單單是直覺上來說的話，我是討厭女人看我的眼神吧。」

我：「眼神？」

他一邊喝茶一邊對我說：「女人看男人的眼神，其實跟考官看面試學生的目光，是一樣的，你知道嗎？」

我：「哦？我倒是沒有留意過。」

他：「事實就是這樣的。女人看你的眼光，都是一種帶著審視、猜疑和懷疑意味的眼光，特別是當她盯著你，一動也不動地看你的時候，其實她的身分就是考官，在對你進行面試。她的心裡，其實已經開始對你打分數了，她的心裡會潛意識地想：『你這個人配不配做我的交配對象』、『你這個人的基因合不合格』、『你這個人的社會地位如何』、『你這個人的能力怎麼樣，表現怎麼樣』。這些想法，可能不一定是有語言組織的具體想法，而是一種直覺上的想法。你可以理解為，每個人女人的腦子裡，天生就有一個考官，專門用來給『男人』這個學生群體進行測試。」

我不禁笑了：「你為什麼堅信這一點呢？」

他：「很自然的事啊，你看看動物界不就知道了？動物的世界，比如說，獅子、猴子、猩猩，都是為了爭奪交配對象而打得頭破血流、死去活來。那個時候，雌性就在旁邊看著，就像評委看著舞臺上表演的演員一樣，她們泰然自若、神定氣閒。等到雄性打完了之後，雌性就一起去跟勝利者交配。這個過程，其實就是一個老師考驗學生的過程。我了解過，很多男人看到女人，都會不敢直視她們的目光，因為他們會覺得渾身不自在。這種感覺，其實跟學生不敢直視老師的目光，是一樣的。」

我：「你說的，只是一部分女性吧。女性也是一個巨大的群體，每個女人的行為和性格都不一樣，不能一概而論，不是嗎？」

他：「每個女性都是一樣的。只要生理器官上是女性，大腦裡自然也就會有這個打分機制。就像你的電腦配置了滑鼠，自然而然也會有滑鼠墊一樣，這是一種配套的功能。」

我：「可是你看看，社會上那麼多男人，不也追求女性嗎？想要組建家庭，想要有後代子孫，就必須和女性接觸，不是嗎？難道你沒有想要組建自己家庭的想法？」

他的表情有些複雜：「我不想。因為組建家庭，其實就是女性對男性的奴役而已。不論是自然界，還是原始人的社會，家庭的核心都是女人和孩子，男人，其實根本就是一個邊緣角色。你看看中國古代的各種文獻、古籍記載，什麼孟母三遷，什麼劈山救母，都是兒子和母親之間的故事。至於父親？記載幾乎是寥寥無幾，因為男性對女人來說，提供了幾個精子後，用處就不大了。最多你就是當提款機或者打工仔，給這個家庭打打工，提供資源。」

他的說法讓我感到不太舒服，但不等我想出其他話來反駁，他就繼續說道：「你知道退火演算法嗎？」

我搖了搖頭，表示不知道。

他繼續說道：「好吧，那我再舉個例子吧。現在國外的很多研究所，都是利用電腦來製造某種特殊材料的。他們會把各種化學成分雜亂無章地放在一起，讓它們隨機組合，然後產生出有各種不同性質的材料，研究者再從一大堆材料裡，選出自己想要用的工程材料來。

「女人，就相當於研究者，而男人，就是那一大堆的材料而已。各種男人在社會上鬥得頭破血流，其實就是證明自己有用的一個過程，就像電腦裡的材料展現自己的優勢屬性，好讓女人這個研究者群體選用。」

我：「你也把男人看得太可憐了。其實，在古代，女人的社會地位是很低的，還是個男權社會。」

他笑了：「那你才錯了。其實，從生物進化以來，一直都是女權社會。男權社會，才是錯覺。男權社會，從來都沒有存在過。人們之所以誤以為男權社會存在，是因為社會這個詞，一開始發明的時候，就是男性專用詞，是專門給男性用的。就像『單身漢』，是專門給男性用的，不適合女性使用。適合女性的專用詞，是和社會相對的『家庭』。」

我：「社會概念不是比家庭大多了嗎？」

他：「錯，大錯特錯。社會概念比家庭要大，這就是一個邏輯上的錯誤。我們假設一下，這個世界上只有兩戶家庭，兩戶家庭的男丁為了上山打老虎，組建了一個二人小組，這個二人小組，其實就是一個社會。在這種情況下，社會概念可比家庭概念小多了，社會僅僅是兩個男人構成的鬆散聯盟而已，而且打完老虎，這個社會結構就解體了。而且，在動物界，很多動物都是一夫多妻，一隻雄性領主，可以占有幾十隻雌性的交配權，那麼牠們就是一個大家庭。而社會？又哪裡有什麼社會概念？人類現在之所以產生社會比家庭概念要大的錯覺，是因為人口上升了而已。社會人口比家庭人口多，於是大家就認為社會是個大概念，但假如人口減少到一定程度，家庭才是主流。在原始人社會，很多都是以家庭為單位分開來居住的，他們一家人住在山洞裡，哪來什麼社會概念？」

我：「不過現在社會這個詞的概念很複雜，也不能一概而論吧。」

他：「但我說的是社會這個詞的本義。你想想，在原始社會，男性要對抗外界的各種危險，比如說對抗狼，對抗老虎，對抗獅子。所謂的社會，其實就是一群男人聯合起來一起去打野獸。社會這個詞，一開始就是適用於男性的。女性呢？只要在家裡照顧孩子就行了，她們需要去和野獸搏鬥嗎？需要去翻山越嶺，冒險吃苦勞作嗎？根本不需要。她們把家庭弄好就行了。但是現代社會，因為體力需求少了，很多工作靠腦力勞動就可以勝任，所以女性才會走出家庭，走上社會，做一些可以替代男性的工作，女權才會興盛起來。因為女性想要蠶食原本屬於男性的這個『社會』。她們不僅僅想要家庭地位，還要社會地位，如果這麼發展下去，以後科技發達了，男人還有什麼用呢？」

我：「這種觀點就太悲觀極端了。不管是男人還是女人，本質上還是人。雖然有差別，但有更多屬性還是共通的。」

他：「蟻后和工蟻也都是螞蟻，難道牠們就是差不多的嗎？其實對於你母親來說，你父親只是一個僱來的打工仔而已，你母親才是老闆。如果你父親表現不好，你母親是隨時可以把他請出家門的。」

我：「你父母是不是關係不太好？」

他：「他們關係很好啊，這跟我有什麼樣的想法沒有關係。很多心理師啊，總是以為一個人內心產生一些極端想法，肯定是他從小的教育不好，或者小時候的生活環境不好。但是事實上，很多的犯罪分子或思想極端的人，都是從教育優良、關係和睦的家庭裡出來的。覺得小時候心理創傷才導致一個人性格或者行為異常，只是心理學家一個錯誤的假設而已，特別是佛洛伊德那種精神分析學派，老是強調這些。其實我覺得這反而錯得很離譜。很多罪犯或所謂的精神病患，會產生一些異於常人的想法，不一定是他有過心靈創傷，純粹是因為他們活在一個人性本能受到壓抑的虛偽社會，有天他們突然發現了更真實的人性和自我，所以想要掙脫社會給他的虛假牢籠而已。就像《楚門的世界》那樣。」

我：「你覺得，你生活的環境給你製造了虛偽的一面嗎？」

他：「本來就是啊。比如說，男女平等，或者說，把男女比作陰陽。這些其實都是中國人的錯誤觀念，是一種簡單的對稱思維而已，自然界可要複雜多了。其實男女哪裡是什麼陰陽這種對稱關係，分明是老闆和打工仔的關係啊。男性的自然出生率還比女性要高幾個百分點呢，哪裡陰陽對稱了？還有一夫一妻制，誰說是最穩定的？其實，我覺得一夫多妻和一妻多夫混合，對這個社會才是最穩定的。就像是一正一倒兩個三角形互相拼合成一個正方形，這才最穩定。」

我：「可是男人也有很多的優勢啊，比如說體力上的。很多崗位，女性還是沒法替代的啊。」

他：「所以這不更證明了我的猜想嗎？女人和男人就是老闆和工人的關係，老闆需要像工人那樣，有良好的體力嗎？不需要。老闆只要懂管理，手頭有資源就行了。女人的子宮就是她們的資源。每一戶家庭，都是一個天然的公司，女人天生就是管理家。而且，現在腦力勞動愈來愈取代體力勞動了，男性以後的優勢，也要沒有了。哎，等女性走上社會後，她們既在家庭上占據主導，又在社會上占據主導，那時候，男人就會慢慢滅絕了。」

我：「為什麼說男人會滅絕呢？」

他：「你想啊。等女人走上社會，有發言權了，她們肯定會爭取一些對她們有利的制度。比如說一夫多妻制，就是對女性有利的制度。」

我：「一夫多妻怎麼對女性有利了呢？我倒覺得是不尊重女性。」

他：「不不不，一夫多妻，其實恰恰是對女性有利。一夫一妻才是保護男性的，特別是那些找不到對象的男人。你想想，女性可以同時懷有一個男人的孩子，如果全世界的女人都去找一個最完美的男人結婚，懷了他的孩子，其他男人不就被淘汰了嗎？但是從進化的角度來說，人類的後代卻可以迅速擁有良好的基因。如果一夫多妻制流行，人類的基因會很快優化，在宏觀角度來看待人類這個群體，這其實是有很大的好處的。現在捐精已經這麼流行了，精子庫那麼多，女性以後都可以當單親媽媽了。如果女人們達成共識，只選擇少部分優秀男性活下來，不和其他男性結合，其他男性就被淘汰了啊。在未來，肯定會這樣的。而且，現在這種情況已經開始了。」

我：「已經開始了？」

他：「是啊，難道你不覺得現在全世界的審美觀，都開始向著『小鮮肉』、『娘炮』的方向發展了嗎？其實，這就是女性在進行基因選擇了。女性追星比男性瘋狂多了，為什麼？因為她們可以同時嫁給一個最優秀的男人啊。其實女性天生就是嚮往一夫多妻的。只不過，在這種情況下，那個『夫』，只是被女性圈養的寵物而已。與其說是一夫多妻，倒不如說是『一寵多主』。」

他：「將來的男性，將會愈來愈女性化，因為野蠻社會已經過去了。男性只有靠女性喜歡，才能得到女性的寵愛，得到她們的一點點賞賜，把基因繼承下去。而女性，肯定會選擇和自己長得像同類、看得順眼的男性做為賞賜的對象。」

在邏輯上，他的觀點的確是非常自洽的，但是，他的話讓我感到非常不舒服。

我試圖告訴他，社會很複雜，需要考慮到方方面面，比如，男性還在決策、心理、情緒控制等領域有優勢，而且沒有產期。社會是講究效率和成本的，考慮到這些，男性還是有很大的優勢。但是無論如何，他都無法聽進我的話，甚至，我都有些被他激亢的情緒所感染了。我和他的這一頓飯，也是不歡而散。

後來，我和都教授提起了這件事，問他有什麼良策，可以改變那個人的世界觀，讓他去跟女性接觸。

都教授笑著說：「其實很簡單，你只要這麼跟他說就行了。這個世界上的性別，不只兩種。他所有的邏輯基礎，都是建立於這個世界上只有兩種性別這個牢不可破的傳統觀念，只要打破了這個觀念，他的一切理論，自然就可以不攻自破。」

都教授的話給了我莫大的啟示，甚至有種醍醐灌頂的感覺。

是啊，每一個認為自己的理論牢不可破的人，都必然有一個邏輯上的起點，他會認為某個認知是理所當然的，然後開始建構他的理論。

可是，如果他的起點就是錯的呢？

不論如何，和這個年輕人的對話，還是給了我一些有趣的想法。至少，他對社會和家庭觀念的講述，讓我更深入地了解了老子的想法。

《老子》曾說：「鄰國相望，雞犬之聲相聞，民至老死，不相往來。」

也許，早在千年之前，老子就已經洞悉了家庭和社會之間的本質關係吧。

本質的消失

「這件事的本質是什麼？」

這個問法，在我們的生活已經非常常見，甚至可以說氾濫。而且，在網友群體之中，「本質」這個詞被使用的機率一向不低。

數十年來，一看到某件事，或某個新聞，只要是我感到迷惑的，我就會脫口問：「這件事的本質是什麼？」

再不然，面對一些科學上的現象，我也會下意識地詢問：「這種物理現象的本質是什麼？」比如說，我就問過別人，手機充電的本質是什麼？我得到的答案，是電流的運動。但是，我還可以繼續追問，為什麼是電流，其背後更本質的是什麼？後來我了解到，會產生電流，是電子的移動。但事實上，電子的移動是很慢的，甚至不比人走路的速度要快，那麼，電子移動速度這麼慢，火力發電廠的電又怎麼到人的家裡去點亮燈泡呢？後來我明白，這背後的本質，其實是電磁場的作用，電子還不是主要的，場才是最本質的存在。

隨著對本質的詢問，我的認知有了一個不斷上升的過程。對自然界的事物，也有更深入的了解。

至少，就我自己而言，我是這麼認為的。

而那一次和都教授的談話，可以說，是徹底顛覆了我對「本質」概念的認知。從此以後，我幾乎就不再使用「本質」這個詞了。因為，我深深地意識到，自己曾經的認知是多麼膚淺。

希望你看了這一篇的談話後，也能產生和我一樣的共鳴吧。

那次是一起在院內吃飯，都教授無意間跟我提起：「其實，我們日常語言中，很多詞都是錯的。或者說，只是我們的幻覺而已。」

我：「比如？」

他說：「比如，『本質』這個詞，其實就是錯誤的。至少，在目前主流的物理學界，『本質』這個詞已經被一些流派給拋棄了。」

都教授的話讓我覺得新鮮：「本質這個詞是錯的？」

都教授：「是的，至少不是很多人所想的那樣。」

我：「能舉個例子嗎？本質這個詞怎麼可能會是錯誤的呢？你這話一下子有些衝擊到我的觀念了。」

都教授：「那就舉個例子吧。比如說，現在很多人是怎麼認識這個世界的？就是不停地把一個物體往微觀去看。甚至在物理學領域也是如此。比如說，物質是什麼組成的？是分子。分子呢？是原子。原子呢？是原子核和電子。那麼原子核呢？又分成中子和質子。然後質子呢，又可以往下分成夸克。現在粒子物理學家已經開始建構標準模型，試圖用一條完整的標準模型，來解釋這個世界上的一切。」

我：「所以，這有什麼問題嗎？」

都教授道：「這就有一個無窮倒退的問題。假如你是個小孩，當有人告訴你，這個世界是夸克組成的，你肯定會繼續追問，『那夸克是由什麼組成的？』這個問題，就像是『上帝創造了宇宙，那麼誰創造了上帝』一樣，可以一直無窮地追問下去，永無盡頭。」

我：「那麼，你覺得正確的問法，該是怎麼樣的？」

都教授：「不急，你聽我說。有時候，我們應該摒棄『本質』這個詞。或者說，我們需要換一種思維模式。」

我：「換一種思維模式？」

都教授：「你知道『還原論』嗎？」

我：「知道，這個應該算是哲學上的概念吧？」

都教授：「對。通俗來說，還原論的意思是，我們在認知一件事物時，會把它不斷分解成更小的局部來進行認識。因為有時候你要一下認識一個事物的整體，實在是太困難了。但如果分解成多個部分，就會容易很多。就像是拼積木一樣，把一個模型拆解成更小的積木，再把積木拆解成更小的……這種邏輯上的無窮倒退，說到底就是這麼來的。」

我：「這個解釋我倒覺得通俗易懂，不過，除了這種思維方式之外，還有什麼思維模式呢？想要認知世界，也就只有這個方法了吧？」

都教授：「接下來我就要說這個問題了。其實，人們之所以認為一個『物體』可以無限分解，是因為他腦海裡就有『物體是實在的』這麼一個默認的觀念在。在物理學上，經典的物理學，信奉的往往都是實在主義，認為我們看到的世界都是真實的。比如我看到一粒沙子，那麼沙子就是實在的，所以沙子可以繼續分下去，不斷地分成更小的存在。但事實上，除了實在主義，還有反實在主義。」

我：「反實在主義？那是怎麼樣的一種主張？」

都教授笑了起來：「其實很簡單，我只要舉個例子，你很快就能弄懂。」

說著，都教授從餐桌上拿起了一個盛湯的空鐵碗，放在了我的面前，道：「你覺得這個是什麼？」

我：「正常來說，是一個鐵碗。」

都教授：「對。但其實也不算對。如果用還原論的方法來說，那麼這個碗的本質就是一堆鐵原子的組合，對吧？」

我：「對。」

都教授：「但是，其實我們還有另外一種回答方式啊。比如說，碗是『用來盛湯的一個東西』，這種回答方式，也就是從功能的角度來進行回答。這其實，就是避開了本質，是用功能替代了本質。」

我：「用功能來替代本質？」

都教授：「對。就是『功能』來替代『本質』。用功能的問法，來代替本質的問法。」

我：「這個太深奧了。不過，的確很啟發人的思維。」

都教授：「我接下來還要說點更深奧的，那就是，『是』是什麼？」

我：「什麼是是什麼？這麼拗口？」

都教授在桌子上比劃了一下，繼續道：「我的意思是，『是不是』裡的『是』這個字，代表的是什麼意思。日常生活中，『是』這個字，我們是經常用的，比如說，『我是一個人』。可以說，『是』這個字，我們從小到大一直在用，但你有思考過，『是』這個字本身又是什麼意思嗎？」

我一下被問住了，只是仔細地看著都教授，聆聽著他的話，然後搖了搖頭。

都教授微笑道：「其實，我做了個簡單的統計。『是』這個字，就主流來說，有六種意思。」

「第一種，是代表同一性。比如說，三邊形是三角形，魯迅是周樹人，這就是一個鮮活的例子。

「第二種，是從屬關係。比如說，我是一個人，人是哺乳動物，哺乳動物是動物。這就是一種從屬的關係。

「第三種，表現屬性。比如說，蘋果是紅色的，鞋子是黑色的。

「第四種，表示還原。比如說，基因是有遺傳效應的ＤＮＡ片段，單身漢是沒有女性配偶的男人。

「第五種，表示的是功能或者職位。比如說，李四是市長。比如說，碗是盛湯的工具。

「第六種，是喻象。比如說，那個女人是一隻乖巧的小貓，祖國是一個大家庭。這就是一種比喻，一種喻象。」

都教授的話極大地啟發了我的思想，在此之前，我甚至都沒有思考過，一個簡簡單單的「是」字，居然就有這麼多的門道。

我：「簡直難以想像，原來『是』這個這麼簡單的字，還包含了這麼多的意思。」

都教授笑著說：「現在明白了吧？其實我們一般人了解物理學的時候，都是用還原和喻象的方式。比如說，電子是什麼樣？中子是什麼樣？夸克又是什麼樣？在現實世界裡，其實我們根本就看不到微觀世界。什麼電子模型，什麼中子模型、夸克模型，都是我們自己想像出來的。也許這些模型和真正的微觀世界景象天差地遠，但是為了方便我們理解，我們才在科普時，把電子想像成一個個點，才把原子核和電子的模型簡單地想像成一個星系，甚至還把中子和夸克想像成一個個小球。其實，這些都是喻象。至於真實的世界裡，微觀世界到底是什麼樣的？沒人知道。我們只能想像，除此之外，永遠不知道。」

我：「確實是這樣的。喻象的方式，的確是我們認識這個世界的方法。」

都教授：「所以有時候，一些魔幻小說沒有必要特地去強調科學，因為哪怕是我們現實世界的科學，很多都是在不知道真實景象的情況下，對微觀世界採用的一種喻象方式。也許微觀世界根本沒有什麼電子，沒有什麼中子和夸克，有的只是中國傳統學說裡的『炁』。當然也可能是量子場論的『場』，或者弦理論的『弦』，或者波函數的『波』。你用不同的喻象，這個世界自然也就不同。但真實的世界怎麼樣？我們永遠沒法知道。

「這個世界，其實像是一只漂亮的勞力士手錶，你看到了錶盤上精緻的指針和刻度，但你卻沒有辦法把錶盤拆開，看到錶盤內部的各種零件是怎麼運作的。手錶的『內部世界』，你永遠不知道，不管科學怎麼發達，你所能做的，也許不過是把手錶指針行走的時間算得更精準一些而已。但錶盤下那個隱藏的世界，你永遠無法觸及。」

我：「如果是這樣，那就太讓人失望了。那麼，我們怎麼才能了解這個世界的本質呢？」

都教授：「你看，你又用『本質』這個詞了。其實，你剛才會產生那種困擾，只是因為你不經意間還是使用了還原論的方法。現在我要舉個例子，讓你放棄這種思考方式。比如說，在計算主義的人看來，這個世界是『資訊』構成的。這個世界的單位，既不是什麼原子、夸克，也不是什麼場，而是比特。這個世界的最小構成，是一比特。」

我：「資訊？那麼，資訊又是什麼？」

都教授笑了：「你的提問方式錯了。當你問『資訊是什麼』的時候，你是永遠得不到答案的。因為對於資訊來說，不存在『是什麼』這個問法。資訊不存在本質，你要問的是：『資訊能用來幹什麼？』這樣就可以回答了。比如，資訊可以用來儲存，可以用來處理，可以呈現出圖像，可以傳遞聲音，可以進行共用，可以讓你傳達消息。

「你看，當你把資訊的種種功能羅列出來，你雖然還是不知道資訊到底長什麼樣，但是其實你已經了解資訊了。這就是一種摒棄了實在主義，去了解世界的方式。事實上，現在的物理學界，愈來愈傾向採用這種方式來了解這個世界了。對於傳統的那種把物體無限切割，變得更小的還原論式的提問法，物理學家們已經愈來愈冷漠。」

說到了這裡，都教授重新拿起了鐵碗，道：「現在可以回答『碗』是什麼這個問題了。碗是用來吃飯、盛湯的工具，它可以和筷子、叉子搭配，還可以用來放一些東西。你看，這就是我對『碗』的描述，你不需要再用還原論的思維方式了。用功能的思維，用關係的思維，來代替你以往的還原思維吧。」

可以說，都教授的一番談話，徹徹底底地改變了我的世界觀。甚至可以說，都教授的話，讓我的世界觀有一個九十度的轉向。

在過去，我是直著看這個世界的，但如今，我卻是橫著看這個世界的。

在過去，我經常會問：「這個世界的本質是什麼？」

但是如今，我已經不再那麼問了。
我會問：「你覺得，這個世界是怎樣的？」
當我回答了一個問題，在不知不覺中，其實，我也已經回答了第一個問題。

雙頭人

她：「喂，你有想過另一種思考這個世界的方式嗎？」

她以前是研究中國哲學的，她懂先秦子學、兩漢經學、魏晉玄學、隋唐佛學、宋明理學。同時，她還懂得一些易術算卦，觀人五官和掌紋斷人命運的知識。雖然我一向不信這些東西，但是有時候，聽別人講這些東西，做為一種娛樂，倒也挺有意思。

我笑著說：「這些年來，我的世界觀已經不知道改了多少次，我都已經覺得自己快混亂了。」

她笑了：「但是，你那所謂的世界觀改變，僅僅是思想層面的，還不是感受層面的。打個比方吧，就像電腦的軟體和硬體，你過去的思想改變，僅僅是軟體層面而已，但我現在說的，是硬體層面。」

我好奇問道：「那麼，硬體層面的變化是什麼樣的呢？」

她：「那就是完全不同的另外一種體驗了。就像你不是青蛙，你就不會知道一隻青蛙的感受是什麼樣的，如果你沒有在硬體層面進行修改，你就不知道大腦硬體改變之後的那種體驗。」

我：「能舉個例子嗎？」

她：「那我就舉個例子吧。如果你閉上一隻眼睛，你能夠判斷我離你多遠嗎？」

我特地閉上了一隻眼睛看著她，然後道：「還是可以的。雖然沒有兩隻眼睛那麼清晰。」

她：「那是你的經驗在作祟。你對這個地方很熟了，所以哪怕閉上一隻眼睛，也可以根據你的經驗來判斷前方的某個人或物體，和你之間的大致距離。但是如果你去一個陌生的地方，然後閉上一隻眼睛，你就很有可能沒法判斷那個物體離你到底有多遠。是五公尺，還是十公尺？我會嘗試閉著一隻眼睛去一個陌生的地方看看，有時走著走著，不小心就撞到了前面的一盞路燈，或把一張桌子給撞翻了。」

我：「你為什麼這麼做呢？只是想鍛鍊你的能力嗎？」

她：「那倒不是，純粹是因為好玩，想要有一種新的體驗罷了。這個世界上不是做什麼事都有很清晰的目的性的，有的時候，純粹是為了過程的有趣罷了。男人和女人上床，是為了生孩子，還是為了過程的快感？我想，對於大多數人來說，都是後者吧？生孩子只是一個附帶的結果而已。」

很簡單的一個比喻，但是她的話，卻是真的把我給打動了。至少，我贊同她說的，這個世界上，很多事情注重的是過程而未必是結果。如果每件事都只是為了結果而去做，那麼，就沒有人懂得欣賞過程的美麗了。

我：「你後面關於過程的重要性的想法，我倒是挺贊同的。」

她：「本來就是這樣。過程本來就很重要。你想想，遲早有一天，宇宙也會毀滅的，人類總要滅亡的，所以其實，過程才是最重要的。你一定要得到一個美好的結局，其實沒有太大意思，只是在追求空中樓閣罷了。」

我：「嗯。我覺得在這方面，我們的想法差不多。再說說你剛才提到的改變硬體的事吧。」

她：「其實閉上一隻眼睛看世界，只是一個比喻。你想想，人只有兩隻眼睛，才能夠有立體的視覺，知道一個物體的距離。人只有兩隻耳朵，才能夠辨別聲音的方位。那麼，如果人有兩個大腦的話，那麼，他們感受到的這個世界，又會是什麼樣的？」

我：「這……這就很難想像了，哈哈。」

她：「我覺得，如果人能有兩個大腦，像有兩隻眼睛、兩隻耳朵一樣，來感受這個世界的話，就可以有一種前所未有的感知方式了。我稱這種感知世界的方式，叫『立體思維』。你想想，兩隻眼睛看到的世界是立體的，那麼，兩個大腦感受到的這個世界，也可能是立體的。」

我：「可是，思想怎麼立體呢？」

她：「立體只是一個比喻，其實我的意思是，達到比原來更高的層次。假設你原來了解這個世界的方式是平面的，那麼有兩個大腦以後，對這個世界的了解，就是立體的，也就是高了一個維度了。」

我：「立體思維……這個說法倒是挺新奇的。不過，要想像，就太難了。現實世界裡，誰都沒有兩個腦袋，對吧？」

她：「不，現實世界也有例子啊。比如連體嬰，或者說，連體嬰裡的雙頭人，就是活生生的例子。」

我：「這我倒還沒有親眼見到過。」

她：「這就比較遺憾了。我來找你，其實就是想查閱一些比較有趣的大腦疾病案例，看來我是得不到了。不過，對於雙頭人，我以前倒也是有些研究。」

我：「什麼樣的研究呢？」

她：「這麼說吧。一般人都知道雙頭人，但是，其實很多人對雙頭人的了解，是非常膚淺的。」

我：「膚淺？膚淺在哪裡？」

她：「其實，雙頭人分四種情況。第一種，是只有一顆頭能控制身體，另一顆頭有思想卻不能控制身體，也就是多了一顆頭在身體上存活，就像多了一條胳膊、一條大腿一樣。第二種，是兩顆頭可以同時控制身體，所以兩顆頭得進行協商，到底要由哪顆頭來控制身體。就像兩個人被捆綁在了一起，要麼我背著你走，要麼你背著我走。第三種，是兩顆頭同時控制身體，這種難度就很大了，這需要兩顆頭非常默契配合才行，兩個人同時給身體發送相同的指令時倒還好，但如果發送的指令是衝突的，那麼這個身體就不單單是打架那麼簡單了，可能身體器官都會出問題。

第四種呢，是我最喜歡的，這種情況下，兩顆頭的思想是連接的，就像一顆頭裡有兩對大腦一樣，可以同時思考問題。試想一下你自己的腦袋裡有兩對大腦，或想像一下心電感應。」

我：「這麼看來，你說的立體思維，就是第四種情況了。」

她：「對，就是第四種情況。我說的就是兩個人思想連接的情況。這種時候，人腦會怎麼樣運作呢？我非常好奇。當然，我肯定沒有辦法體會那種感覺，就只能去猜想了。我覺得，如果一個人有了兩個大腦，或者同時有兩種思想，就可以更加清晰地去認識這個世界了。」

我：「更清晰地認識這個世界？」

她：「比如說，量子力學領域，有著名的波粒二象性吧？光到底是波呢，還是粒子？一直都存在爭論。人們很難想像光既是波又是粒子的狀態。但是，如果一個人同時有兩個大腦、兩種思想的話，就可以想像了，只要一個想波，一個想著粒子，組合起來自然就形成一個關於光的全貌了。

「其實啊，限制了我們認知的，是我們大腦的硬體。現代人想要加深對這個世界的了解，提升自己的認知，就必須從硬體層面去改造我們的大腦了。」

我：「這個想法倒很新穎，算是讓我大開眼界了，你是怎麼有這樣的奇思妙想的？」

她：「其實也不算什麼奇思妙想，這個世界本來就有很多的思考角度。我們對這個世界形成了某種固定的思維，只是因為我們的硬體限制了我們而已。其實啊，我有時候還覺得，那些精神分裂的人，就像是雙頭人一樣，只是以另一種硬體的形式在觀察著這個世界。有時候，我真的很羨慕他們所看到的世界。想想看，你一輩子也就那麼幾十年，看到的世界如果一直都跟你小時候一樣，那麼固定、那麼死板，多無趣啊，是吧？」

對於她的話，我表示了幾分的贊同。

她並不是患者，只是一個來我這裡取材的人。但是，我覺得，她思想的觸角，已經延伸到了另外一個世界的大門。

雅斯培說：「存在就是統攝。」

只取其字面意思，我們想要了解一個事物的全貌，是否該先將我們的認知硬體，給統攝起來呢？

被詛咒之物

米歇爾．傅柯曾經在《瘋癲與文明》裡提到過這句話：「知識變得愈抽象複雜，產生瘋癲的危險性就愈大。」

入行以來，我也算是和不少精神病患者接觸過了。在他們之中，既有學歷極高、知識淵博的類型，也有一些思想保守和傳統、信奉迷信的底層人物。但事實上，和這一類人接觸時間長了之後，我發現，其實很多時候，那些所謂底層的小人物，所擁有的想像力並不比那些有知識和學歷的人更差。他們所缺乏的，只是把他們的想像力組織成一個有系統的世界觀的能力。

事實上，也有很多人，你無法斷定他到底是屬於有學識，還是沒有學識。

這次我要說的這個人，就是這種類型的。

他怪笑著看我，說：「你知道嗎？如果你今天出門時，穿上的是黑色皮鞋而不是白色的球鞋，那麼你的人生軌跡將會完全不同。」

我：「你是相信星座時運之類的東西嗎？」

他：「星座那些虛了點。但是我相信，不同的人，觸碰不同的東西，和不同的東西建立起連結的話，他的命運就會截然不同。」

我：「這個我多少有點相信。但是問題在於，就算你的命運被改變了，你也不知道你原來的命運該是什麼樣的，所以沒有什麼意義，是吧？」

他：「可是我知道。」

我：「你知道？」

他：「對的。我有的時候，就可以知道一個人穿上不同的顏色，會遭遇什麼樣的命運。比如說，有一天，我媽穿著紅色的外套出門，我說這件外套不能穿，會倒楣。她不信，非要穿著紅色外套出門不可，結果，她上班的紡織廠就著了火，把她的衣服也給燒到了。她是把外套給脫了，才從窗戶裡跳出來，撿回一條命的。」

我：「這聽起來倒是挺玄的。不過，那只是巧合吧？」

他：「如果只發生一次的話，你當然可以說我只是碰到了巧合。但是，這種事情如果發生了不止一次呢？」

我：「你碰到了很多次？」

他：「很多次很多次。我還在讀高中時，一次上體育課，一個女生掛著玉佩，我就跟她說，她那玉佩今天不能戴，上面有詛咒，如果她今天還戴著的話，是會倒楣的。但她不信，非但不信，還跟其他女生一起說我是傻子。那時候，我勸了很久，她還是不聽，最後我一氣之下，就不管她了。結果那天傍晚她放學回家，那玉佩的紅線斷了，玉佩掉進內衣裡面，之後又滑到鞋子裡，她就在馬路邊脫鞋子拿玉佩。那個時候，一輛車從她身邊過去，好在她反應還算快，最後只是摔了一跤，右手有點脫臼，不然，她就被當場軋死了。」

我：「最後她沒事吧？」

他：「沒大事，不過她之後還是不怎麼相信我。之後又有一次，我跟她說，她的絲襪會給她帶來麻煩，她也不聽。結果那天晚上，她回家的時候，絲襪扎在了灌木叢上。她去拔絲襪時，一隻狗從灌木叢裡跳了出來，把她的腳給咬了。她嚇得要死，在那之後，她就不敢再不聽我的話了。我說什麼，她都言聽計從。

「一次大冷天的，我告訴她，她的外套會給她帶來麻煩，她居然索性就把外套給脫下來，整天沒穿。後來有人借了她的外套，就被人用水潑了一身，原因是她的外套顏色跟花圃的顏色一模一樣，樓上的人倒水時，沒有看到穿了外套的人，就潑了水。」

我：「如果你說的這些是真的，那倒真是神乎其神了。你還給其他人做過這種預言嗎？」

他：「做過啊，很多啊，都挺準的呢。當然，有的人信我，有的人不信，說那只是運氣不好，有的還說我烏鴉嘴呢。」

我半開玩笑地說：「你要真這麼厲害，都可以靠這個做為職業了，是吧？」

他顯得有些無奈：「我也想，要真這麼厲害，我去做個算命先生也不錯。但是沒辦法啊，我這種預言是得靠感覺的，什麼時候來，完全不是我自己能控制的。有的時候感覺來了，就能知道哪件物品會帶來不幸，哪件東西能帶來幸運了。」

我：「那是什麼樣的感覺呢？」

他：「這個要說清楚就不容易了。感覺嘛，就是感覺。就好像你靠近了一個正在燒著火的火爐，或者打開冰箱，你感到冷氣撲面而來，就是那種感覺。每次我感覺到一個東西是被詛咒的，就會寒毛直豎，好像進了冷氣房似的。但如果是帶來好運的，就感覺心裡暖洋洋的。」

我：「那你看到的是壞運多呢，還是好運多？」

他：「壞運氣多。好運氣的情況很少很少，幾個月都碰不到幾次的。而且，最可怕的，是一些特別邪氣的東西。」

我：「特別邪氣的東西？」

他的表情慢慢變得陰沉了起來：「我見過最邪氣的東西，是一張紫檀木椅子。我在一家古董店看到的，看到它的第一眼，我就被嚇了一跳，因為我感覺到全身的寒毛都豎起來了。我這輩子，都沒見過那麼邪氣的東西，我想那張椅子的詛咒肯定很強，誰得到了，都會有厄運。」

我：「還有那麼邪氣的東西？」

他：「邪得很啊。我看到那張紫檀木椅子，整個人就很不安，感覺像是看到了黑洞似的，感覺哪怕只是靠近它，都會不幸。後來我還問了店家，問那張椅子的價格和來歷，我說，這張椅子這麼好看，價格也不錯，為什麼賣不出去？店家一開始還不肯說實話，之後我說這椅子有邪氣，他才告訴我，這椅子是他家祖傳的，他的曾爺爺、舅爺爺、爺爺都是坐在這張椅子上死的。除此之外，那張椅子也賣出去過三次，但是都不到三個禮拜就退回來了。因為買了椅子的人，都說每天晚上做噩夢，夢見那張紫檀木椅子上好像坐著一個穿紫色裙子的女人，導致買家睡都睡不好，甚至工作都不順利。」

我：「簡直就跟講鬼故事似的。」

聽我這麼說，他的表情一下子變得難看了：「你不信就隨你吧。反正不相信我的人多了去了。」

我：「可是你家裡人都不相信你，他們覺得你才是撞了邪，整天說一些胡話，這你怎麼解釋？」

他：「家裡人那是他們自己看不見，不能怪我。他們不能像我一樣，看見一些東西的詛咒，就覺得是我自己在空想。」

我：「可是……你家裡人跟你的說法，卻完全不一樣。他們給我講了另一個版本。他們說，當初把班上女生撞向汽車的人是你，給女生潑水的人也是你，甚至學狗咬女孩子絲襪的人，也是你。他們還說，你半夜三更會穿上你媽媽的紫色裙子坐在椅子上，有天你還把家裡祖傳的紫檀木椅子給砸爛了。這麼說，他們的話，才是假的嗎？其實，是你自己故意空想了詛咒，然後自己扮演那個能夠看到詛咒的人？」

被我這麼一說，他頓時有些慌了，表情變得詭異了起來：「哪有那樣的事？沒有的……沒有那種事……他們在亂說……他們就是不相信……他們非要把我當腦子有毛病……已經很長一段時間了，都這樣……」

我：「我不知道我到底該相信你，還是相信你父母，做個檢測吧。」

之後，經過檢測，他的確被診斷為轉化症，也就是所謂的癔症。他常常幻想自己看到某種物體被詛咒，但事實上，那是他看到了某個物體之後，內心產生的一種強烈暗示，暗示著自己利用那個物體，去做一些違法，甚至犯罪的事。

做了那些事之後，他卻把責任推給了看不見的詛咒，而忘了真正將詛咒化為現實的人，是他自己。

經過了幾個月的漫長治療，他才離開了醫院。離院時，他笑著對我說了感謝，然後給我留下了一把他住院期間自己做的摺扇做為紀念。

雖然嘴裡說著感謝，但離開時，我看到他的臉上，卻浮現著一種難以言喻的奇怪表情。

那時我沒有明白他眼睛裡一閃而過的光澤是什麼意思。

直到那天下午，我在陽臺上看他的扇子，一隻野蜂突然從花叢裡鑽了進來，吸附在扇子上。當我把牠搧走時，牠狠狠叮了我一口，我才明白那個患者離開時，眼中一閃而過的情感的真意。

沒錯。那時候，他眼裡的那一抹感情，就好像是一個無辜坐牢的人被釋放時，看向員警的眼神。

雖然強裝釋然，但是內心深處，卻壓抑著更深更毒的恨意。如同毒蜂一般。

臉譜中的眼睛

見到他的時候，我還只是個實習醫師，還沒有自己獨立的診室，而那時候，我跟著的人是院裡德高望重的老醫師——楊醫師。那次跟著楊醫師實習的經歷，真的可以說，給我的人生上了極其重要的一課，讓我深深地明白了，精神科醫師這個行業，真的非常需要眼力。有的時候，做這一行，就像是偵探或者刑偵人員一般，如果你沒有足夠的眼力，就會被一些表象的東西所迷惑干擾。甚至，得出完全不搭邊的錯誤結論。

雖然如今楊醫師已經退休了，但我還是非常感謝他當初給我上的這一課。這一課，真的對我意義非凡。

從被家人強行帶到院內開始，他就不停地強調一句話：「我沒病，我真的沒病！我看到的都是真的！」

因為在院內，我見過不少自稱沒病的病人，早就已經見怪不怪。一般來說，碰到這種情況，直接問一下他的病情和症狀，做個檢測，開點藥就可以過去了，嚴重點無非就是安排住院而已。

但是楊醫師不一樣，他居然開始細心地了解這個病人的思想，還不斷詢問他的世界觀，了解他說話之間的邏輯和反映出來的精神狀況。

一般來說，其實這個過程是可以簡化的，根本沒有必要那麼複雜。但楊醫師，卻還是這麼做了。

楊醫師：「沒病嘛，更好。有病沒病，看看總是好的，反正來都來了，對吧？」

他：「可我真的沒病，我都知道。是爸媽覺得我腦子有問題，一定要帶我來這裡看看。」

楊醫師：「那這麼說吧，我現在相信你的這句話一半，不相信也是一半。你要讓我相信你的話，就要把我另外一半的信任度爭取來。你就說說你看到了什麼吧。」

他：「我就是跟我爸媽說，我晚上經常看到眼睛。」

楊醫師：「看到眼睛？什麼樣的眼睛？」

他：「藏在臉譜裡的眼睛。」

楊醫師：「臉譜？你們家有很多的臉譜嗎？」

他：「對的。我們家有賣臉譜，就連我的房間裡，也是掛了很多的臉譜，到處都是，各種類型的都有。而且不是小孩的那種塑膠玩具面具，是真的很貴的那種訂製臉譜。專門給一些戲劇公司訂做的。」

楊醫師：「然後，你就在這些臉譜裡面看到了人的眼睛？」

他：「對，我真的看到了眼睛。真的。」

患者母親：「這就是他在胡說八道。楊醫師，我這個兒子腦袋肯定是撞到了，壞了，才會說這種胡話。」

他：「真的！真的啊！你們才有毛病，不相信我，還把我綁在床上，不讓我出門！」

楊醫師看向了患者的母親：「你們把他綁在床上，這是為什麼？」

患者母親：「我這個兒子老是想做傻事，他說想把那些臉譜全都燒了，還老是說胡話，我們就把他綁了起來，找了作法的人來給他作法。我們覺得他是中了邪了。」

這樣的父母偶爾也是有碰到的。一些父母的思想比較傳統，當子女出現精神異常，他們會認為子女是中邪了，就會採取一些民間的手段來處理，有時候，甚至是用一些非常極端的手段。

楊醫師：「這樣啊……那我知道了。我再問問他。」

楊醫師看向了患者，道：「具體說說你是什麼時候看到的，看到了什麼。」

他：「那是三個禮拜前。我晚上在睡覺，半夜聽到房間裡好像有什麼動靜，就被吵醒了。我的房間掛滿了各種面具臉譜嘛，然後我就看到，其中的一個面具臉譜裡，有一對人的眼睛在死死地盯著我看，我當時整個人都給嚇僵了，急忙鑽進了被窩裡，再爬出來的時候，那雙眼睛不見了。」

楊醫師：「也就是說，那雙臉譜裡的眼睛盯著你看了一下，之後就沒再出現？」

他：「對。同一天晚上是沒有再出現。那時候我還以為我看錯了。但是過了兩天，臉譜裡的眼睛又出現了。」

楊醫師：「還是同一個臉譜？」

他：「不是，這次換了一個臉譜。但是和第一次出現眼睛的那個臉譜挨得很近。而且第二次，我看得比較清楚，那真的是一對活人的眼睛，清清楚楚，甚至還能看到外面城市燈光照在那對眼睛裡的反光，真的把我嚇得當場都傻了。我這個人心理狀態不太好，一看到可怕的東西，這人就僵直了，那次我看到臉譜裡的人眼之後，半天沒法動，過了很久我才稍微恢復了一些，想到去開燈，但是燈開的時候，臉譜裡的眼睛已經早沒了。」

楊醫師：「那之後，每次都是出現一雙眼睛嗎？」

他：「不是，也有時候是兩雙。但是兩雙的次數不太多。這麼些天過去，我差不多碰到十來次這樣的情況了。」

楊醫師：「那你為什麼不把房間裡的臉譜放到屋外去呢？」

他：「我爸媽不肯啊。他們非要說裡面沒有東西，是我想多了，不肯摘下來。而且我房間裡掛滿了臉譜，別的地方也沒有空位放了，只能掛在牆上。以前我是很喜歡臉譜的，現在我已經被嚇到怕了。這幾天來，我已經用布把那些臉譜給遮起來，這樣才不會看見。但是我爸媽看不慣，他們非要把布摘下來不可，結果最近兩天，我又看到眼睛了。」

楊醫師：「你家裡的臉譜都掛在什麼地方？都是牆上嗎？」

他：「牆上是不夠掛的，基本上什麼地方都有，比如說門上，窗戶上，甚至是天花板上也有。」

楊醫師：「那你看到的臉譜，都是在什麼地方？」

他：「門上，都是在門上。每次我看到有眼睛的臉譜，都是在門上的。」

楊醫師：「能把你房間的照片給我看一下嗎？我覺得你這種情況，可能和你房間的布置有關。」

他手機裡正好有房間的照片，就拿出來給楊醫師看了。看了半天，楊醫師的眉頭卻是愈蹙愈緊，最後，楊醫師嘆息道：「情況挺嚴重了，還是去做一下檢查吧。」

他頓時急了起來：「楊醫師，我真的沒病，為什麼要做檢查？我真的沒病啊！」

楊醫師看著他，說道：「我有說過你要做檢查了嗎？我說要做檢查的人，是你爸媽。你最好讓他們都去檢查一下。」

楊醫師的診斷結果讓我大為震驚，當然，就連患者和他的家屬也都震驚了。

之後的檢查結果，更是讓我出乎預料，因為檢查結果證明，他的父母的確有偏執型的精神分裂症傾向，同時，還有一定程度的強迫症。

最後的真相揭曉時，我的內心掀起了巨大的波瀾。

原來，患者家裡是那種比較老式的門，門的上半部是一個玻璃窗，人是可以站在外面向裡看的。

而患者父母的房間裡，也掛滿了臉譜，而他們，也經常在夜晚的時候看到臉譜裡有眼睛。他們以為是兒子站在門外盯著他倆看，於是，出於對兒子的擔心，他們經常走出房間，站到兒子房間的門外，向內查看兒子的睡眠狀況，一直盯老半天，確定兒子睡熟了，他們才會安心。而有幾次他們的兒子聽到了動靜，半夜驚醒，看到臉譜裡的眼睛，其實是他的爸媽。

也就是說，這一家人，是在互相嚇唬。

在患者的父母做了腦檢測之後，謎題到此，似乎是解開了。也就是說，患者自身根本就沒有精神病，真正有精神病的，是他的父母。但是他的父母，卻反而把兒子當做有精神病。

這一次的病例，真可謂一波三折。但也因為這次經驗，我真的從楊醫師那裡學到了很多。至少，我明白了，如果你不仔細過問每一個你接觸的疑似精神病患者，是不能輕易將他們當做精神病人來看待的。

甚至，有可能認為他有精神病的人，才是真的有精神病。

也是從楊醫師那裡，我學會了耐心和前來就診的疑似精神病患者聊天。因為我明白，真正有病的人，也許是陪同他來醫院的父母。

如果我們先形成了偏見，那麼，這個人身上的精神病標籤，也許就永遠摘不掉了。

當然，本來這件事到此也就結束了。

但是，在幾年之後，當我回想起那一次的病例，卻也多多少少想到了一點端倪。

那就是，除了來診者父母有精神病之外，還有另外一種解釋，似乎也可以完美地解釋他們一家所發生的現象——也許他們家裡真的還藏著另外的看不見的人，同時在門外偷偷窺探他們兩個房間呢？

五十種宇宙

《文子・自然》：「往古來今謂之宙，四方上下謂之宇。」

對於宇宙的認識和思考，不論是在人類演化階段，還是在個人的成長階段，都未曾停止過。但是不論如何思考，有一個認知是相同的，那就是，宇宙很大。大到超出很多人的想像。大。對於宇宙的「大」這一點，不論是什麼樣的信仰、文化背景，不論是相信宗教還是科學，不論是什麼民族，都能夠達成共識。

張衡也曾提出：「宇之表無極，宙之端無窮。」

可是，真正讓我認識到這個宇宙大到超乎想像的人，卻是他。

在我和他的那一次見面後，我才真正意識到了，宇宙原來可以大到這種層次，甚至……連我們對宇宙的定義，都是錯誤的。

他姓劉，是個科幻作家，同時更是一個科幻愛好者，我叫他劉先生。和他見面，是因為一位老同學引見。那位老同學告訴我，這位劉先生因為太過醉心於科幻，以致都沒有辦法正常工作了。他的家人都很擔心他，所以，讓我去開導開導他。

就這樣，我們碰了面。

碰面的地點是在他家陽臺。他家陽臺上有一架私人的天文望遠鏡，天氣好的晚上，他就會在自家陽臺上用望遠鏡看星空。

他開門見山對我說：「愈是對宇宙了解，我就感到愈絕望。」

我：「為什麼呢？」

他：「因為我愈來愈覺得，自己對這個世界一無所知。就像你高興地自以為解開了一道數學難題，老師卻告訴你，你前面還有一千道這樣的難題，而你考試時間只剩下了幾分鐘，就是這種感覺。我們的人生太短暫了，一個人的一生就像是考場上那最後幾分鐘，想要解開一道題，時間太短太短。」

他一上來就跟我談大道理，談科學，談宇宙，我忍不住笑道：「既然你覺得人生短暫，為什麼還要那麼執著呢？不去做一些其他更有意義的事嗎？」

他：「其他更有意義的事？什麼事？賺錢養家，結婚生子？這不過是一代一代的重複而已。什麼傳宗接代，那都是低級的行為，不過是一代一代命運的輪迴而已，是原地踏步。人類，只有知識和認知，才是能夠不斷增長的。哪怕人類對這個世界的了解只增加了一點點，也比結婚生子，十代都是無知的底層小人物更有意義，你懂嗎？」

我不想跟他爭辯，只是說：「那你認為什麼才是認知的增長呢？」

他：「這個就很難說了，畢竟每個人的看法多多少少都有不同。但是在我看來，所謂的認知增長，就是人類覺得自己在自然界中愈來愈渺小的這麼一個過程。」

我：「覺得自己愈來愈渺小？」

他：「是啊。你想想，古時候部落時期，人們是以家庭為中心來看待這個世界的。他們認為天上打雷，是雷神發怒；下暴雨了，是雨神發怒。希臘神話不是沒有各種家庭倫理嗎？其實，這就是古人一種將家庭觀念推給宇宙的思維。再之後，人類認知稍微增長了一點，於是古希臘的哲學家普羅泰格拉斯說，人是萬物的尺度，這個時候，人類的地位還很高。再後來，基督教認為人是有靈魂、有理性的，而動物沒有靈魂和理性，此時人比動物高貴，人的地位還是很高。古時候的人，將世界分為月上世界和月下世界。月上世界是神仙的居所，是人類達不到的，而月下世界則是以人類為主宰，人類是最高的統治者。這時人類的地位還是很高，但後來，隨著人類對自然界的了解，人類中心主義開始漸漸退下了。比如說，一開始，人類是世界的中心，慢慢地，變成了地球是宇宙的中心。再後來，地球也不是宇宙的中心了，變成太陽才是宇宙的中心。再後來，太陽也不是宇宙中心，太陽不過是宇宙中的一粒塵埃，人類也什麼都不是，可有可無。再後來，甚至連多元宇宙的概念都出來了，就連我們的宇宙，也不過是無數個宇宙中，平淡無趣的一個罷了。你看，人類認知的增長過程，就是人類愈來愈渺小的這麼一個過程。」

我仔仔細細思考了他的話，點點頭，說：「我贊同你的話。因為宇宙很大，你覺得自己很渺小，才感慨，是嗎？」

他：「不是。我感慨是因為我意識到，連宇宙都是那麼地渺小。甚至，我們過去對宇宙的定義，都是完全錯誤的。」

我：「對宇宙的定義是錯誤的？」

他：「對。這是我現在所認知到，最可怕也最絕望的事。我發現，這個世界愈來愈難以理解了，因為除了宇宙之外，還有很多其他的東西存在。」

我：「除了宇宙之外，還有其他東西存在？這是什麼意思？宇宙不該包括一切嗎？」

他：「不，這只是很膚淺的一種宇宙觀念。而且，也是很落後的經典宇宙觀念。現在，人類對宇宙的認知，需要一個巨大的變革了。」

我開始有些感興趣了：「我有興趣聽聽你的思想。」

他：「好，那我就說給你聽。首先，你要承認，我們現代人和古人對於宇宙的世界觀，是很不一樣的，對吧？古時候的中國人，認為世界是天圓地方的，所以提出了蓋天說、宣夜說、渾天說這類主張。在他們的世界觀裡，天為爐蓋，地為棋盤。而古代的巴比倫人，則認為天和地都是拱形的，大地被海洋環繞，中央則是一座高山。古埃及人，把宇宙想像成一個盒子，天是盒蓋，地是盒底。古希臘人意識到了地球是球形的，歐多克索斯覺得宇宙是同心球，亞里斯多德甚至提出了水晶球宇宙模型，認為宇宙是一層一層的水晶球。佛教有三千大世界，道教有三十三天；之後還有托勒密的地心說，哥白尼的日心說，等等等等，數也數不清。是吧？」

我：「對。」

他：「古人對於這個宇宙有很多不同的認識。而現代人，也有很多不同的認識。比如說，牛頓認為我們這個宇宙是靜態的，量子力學認為我們的宇宙是無數個平行宇宙中的一個。膜理論認為我們的宇宙是無數層膜中的一張，相對論認為我們的宇宙是個超球體。暴漲宇宙認為我們的宇宙是無限大的空間，我們看到的宇宙，只是一個更大的空間的一部分，不同的空間之間是割裂開來的，就像棋盤一樣。弦理論認為我們的宇宙是無數振動的弦。扭量理論認為，光才是宇宙的實質，空間是依附在光上的，把物質和空間顛倒了過來。泡沫宇宙理論認為我們的宇宙是一個個的泡泡。還有，全像宇宙理論認為我們的宇宙只是一個二維平面。單極子宇宙理論認為無數個宇宙是互相嵌套著的，不同的宇宙，透過磁單極子蟲洞，相互連通成永無窮盡的套疊結構。迴圈量子重力論認為宇宙是一張大網，宇宙開始的奇異點是通向其他宇宙的通道……你看，關於宇宙的理論有這麼多，太多太多了。不同的理論，就可以衍生出不同的宇宙定義。所以，當你說宇宙的時候，說的是哪一種宇宙呢？」

我：「你懂得真是多。很多都是術語，我都聽不太懂。」

他笑了：「有時間，我可以慢慢跟你解釋。不過，就看你有沒有興趣了。」

我：「我還真的挺感興趣的，但問題是，你剛才說的宇宙之外的東西，是什麼？」

他：「這就是關鍵所在了。你想，現在關於宇宙的理論有這麼多，不同宇宙所衍生出來的宇宙，都是不一樣的。對宇宙的定義，也早就已經支離破碎了。所以，我認為關於宇宙的定義，已經不能再用『個』這個概念來定義了。我們不能說一個宇宙、兩個宇宙，我們應該用『類』這個概念。這樣，才能把很多東西納入到宇宙的概念裡去。」

我：「比如哪些東西可以納入宇宙的概念裡呢？」

他：「很多。比如，數學裡的『域』、各種『空間』，還有『集合』，這些都可以算作宇宙了。如果是這樣，那麼宇宙的定義，就太豐富太豐富了。你知道數學上有各式各樣的空間吧？比如說，黎曼空間，主張我們的宇宙是一個凸出來的曲面，像胖子一樣臃腫；光線在宇宙裡不是直線，而是膨脹的曲線。還有羅巴切夫斯基空間，認為我們的宇宙是馬鞍狀的，和黎曼空間正好相反。閩考斯基認為，我們的宇宙是個四維時空，是三維的空間加上一維的時間。但其實每一種空間，或者時空，甚至包括數學上的域、集合，其實都是一類宇宙。如果你這麼去想，就會發現，宇宙的『類』，已經多到了無窮……甚至是無窮的無窮的地步了。」

我：「……的確。想想，都很可怕。」

他：「這可不是最可怕的。更可怕的在於，哪怕是對於同一個宇宙，不同的觀察角度，也會有不同的形態。比如說，地心說和日心說，其實都可以解釋天體運行，只是日心說更簡單罷了。如果強行要用地心說來解釋世界，也不是不可能的，只是模型更複雜。除此之外，還有地平論，也就是認為我們的地球是平坦的，不是個球體，只不過我們人類的觀察方式將它看成了球體，但如果透過幾何的變化，把球體變成平面，我們宇宙的物理法則，還是可以通行，只不過計算會很複雜。在地平論宇宙裡，船隻遠去，船底會先漸漸消失的原因，不是被地球的球面遮擋了，而是船體下方開始縮小了，離我們愈遠的物體，其下部會縮小得愈快。此外，還有地球包裹宇宙的理論，這種理論認為，地球在宇宙外面，宇宙在地球內部。這看起來很荒誕，但是如果把我們現在的宇宙模型修改一下，我們的物理法則依然能夠在那個新的模型裡通用。此外，還有宇宙是個巨大黑洞的理論，主張我們都活在黑洞裡。這樣的說法看似荒謬，卻也有理論支持。」

我：「……實在是太驚人了。你居然了解這麼多。」

他：「很吃驚是吧？我是個作家，看得多是正常的。現在，我正在構思一種從來沒有人寫過的流派，叫做『世界流』。這個流派，就是構思各種不同的世界觀和宇宙觀。這個流派裡，既有天圓地方、地心說的宇宙，也有各種不同數學家、物理學家構造出來的宇宙。這個計畫我策劃很久，近期就要動工了。因為我知道，繼續思考關於宇宙的事雖然很有意義，但我的人生還是有限的，我只能把這些不同的宇宙寫下來，啟發後人，讓後人去思考。」

我：「你說了這麼多，我反而弄不清楚，宇宙到底是什麼了。宇宙到底是什麼？數學上的域，空間，集合，點，面；還是我們生活的這個時空？」

他：「我覺得……都是，也都不是。宇宙的本質，其實是規則。至少對某些宇宙來說，任何一套規則，都可以算是一類宇宙。」

談話的最後，我知道，他其實已經不再像最初那麼執著於對宇宙的思考了。他開始重新回到創作，這讓我意識到，我和他的談話中，其實我並沒有說服他什麼。不過，既然他已經開始主動放棄思考宇宙的事，轉向創作，那麼我這天的任務，也算是完成了。

幾天之後，我收到了他寄給我的，他那本關於無數宇宙的「世界流」神話體系小說原稿，而有幸在他出版之前目睹。看到內容之後，我感到萬分震驚，我徹底被他那豐富的思想所震懾了。在這份初稿裡，他羅列了五十種宇宙，而根據他的說法，他還將羅列更多，可能是幾百種，可能是幾千種，甚至，還要更多更多……

一、對稱性破缺宇宙（異類常數景觀宇宙）
二、暴漲泡泡宇宙
三、迴圈量子空間不平滑宇宙
四、單極子宇宙
五、百衲被宇宙
六、膜宇宙
七、虛宇宙
八、量子力學宇宙
九、全像宇宙
十、無理數宇宙
十一、數學宇宙

十二、虛擬多重宇宙
十三、弦理論多重宇宙
十四、疊態宇宙
十五、扭量宇宙
十六、比特宇宙
十七、無限迴圈宇宙
十八、無限不迴圈宇宙
十九、無限不迴圈遍歷宇宙
二十、熱寂迴圈宇宙
二十一、無限維空間宇宙
二十二、黎曼宇宙
二十三、微觀宇宙
二十四、羅巴切夫斯基空間宇宙
二十五、度量空間宇宙
二十六、賦範線性空間
二十七、希爾伯特空間宇宙
二十八、索伯列夫空間宇宙

二十九、回歸／不回歸宇宙
三十、連續性宇宙
三十一、歐幾里得宇宙
三十二、子空間宇宙
三十三、低能態宇宙
三十四、柯莫格洛夫空間宇宙
三十五、郝斯多夫空間
三十六、吉洪諾夫空間
三十七、計算主義宇宙
三十八、弗雷歇空間宇宙（可及宇宙）
三十九、預正則空間宇宙
四十、正則郝斯多夫空間宇宙
四十一、完全正則空間宇宙
四十二、正則空間宇宙
四十三、完全郝斯多夫空間宇宙
四十四、正規空間宇宙
四十五、正規郝斯多夫空間宇宙

四十六、完全正規空間宇宙
四十七、完全正規郝斯多夫空間宇宙
四十八、德西特空間宇宙
四十九、反德西特空間宇宙
五十、宏觀量子空間宇宙
……

之後還有不計其數的宇宙觀，包括形而上宇宙、形而下宇宙、太宇宙、元宇宙、纖維叢宇宙、邏輯矛盾宇宙、淺層資訊宇宙等。

稿子最後，他寫下了第五十一個宇宙，叫做「終極多重宇宙」。

他還做了標注：「五十一、終極多重宇宙，所有我上面提到的各類宇宙都存在的更大宇宙。」

老子曰：「有物混成，先天地生。寂兮寥兮，獨立而不改，周行而不殆，可以為天地母。吾不知其名，強字之曰道，強為之名曰大。」

因為他，如今，我腦海裡舊有的宇宙觀已經徹底粉碎。

我已經不知道該用哪個詞來形容我生活的這個宇宙，或者說，這個空間。

如果非要用一個名詞的話，那就是老子說過的——大。

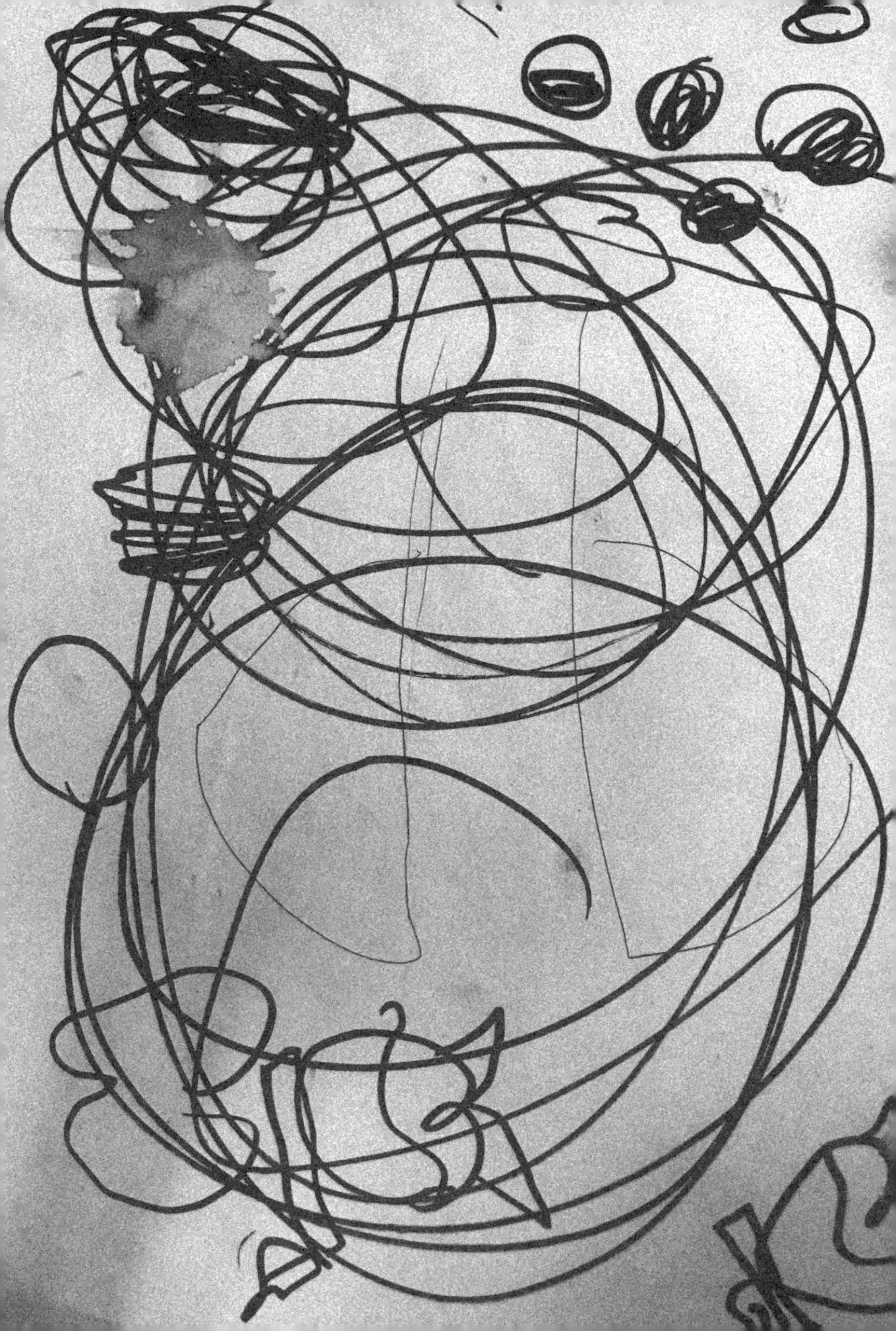

憑空出現的世界

他一開口的話，就嚇到了我。

他：「你有想過嗎？有些東西，其實就在你的身邊，它們圍繞著你，伴隨著你，但你可能從來都沒有感覺到異常。而它們，也沒有感覺到異常。你們就這樣在一個世界裡相處，每天在街上擦肩而過，但誰都不知道，對方其實跟自己完全不是一類東西。」

我：「你在講鬼故事嗎？」

他：「不是，我是在跟你講事實。你可能覺得我在說瘋話，但我跟你保證，我絕對沒有。我很清楚，這個世界，其實不是大多數人想的那樣。」

很多精神病患者都會說自己看到了一些異乎尋常的東西，比如說鬼怪，或要追殺自己的人，甚至是其他更詭異的怪人。他們說的這些東西，雖然一開始讓我有些心慌，但我很快就適應了。

我：「你的意思是，你看到了一些不同尋常的東西，是嗎？」

他：「我不是這個意思。我的意思是，我看到了一些看似正常的東西，但是我知道，那些東西其實不正常。」

我：「什麼樣的東西呢？」

他：「各種東西，什麼都有。包括人。」

我：「什麼樣的人讓你感到這麼不尋常？長著四隻眼睛、三隻耳朵？」

他：「不是，是沒有來源的人。」

我：「沒有來源？這是什麼意思？」

他：「就是指沒有起源的人。比如說，你知道你是自己爸媽生出來的吧？你也知道你的爸爸是你爺爺奶奶生下來的吧？但有些人就不是。那些人，他們是沒有起源的，就是突然就來到這個世界上了。而且來的時候，樣貌就已經是成年人，還穿著衣服，甚至已經有了在這個世界上生活的記憶。但如果你跟蹤他們，一路跟他們到家裡，你就會發現，他們其實根本就沒有家，他們記憶裡構想出來的那些東西都不存在。然後那個時候，他們就會出現記憶偏差。他們會覺得自己瘋了，或者覺得這個世界出了問題。總之，他們會和這個世界格格不入。」

我：「你見過很多這樣的人？」

他：「當然很多。比如說，你見過路邊的乞丐吧？其實很多都是那樣的人。很多乞丐，真的就是沒有起源的人。還有一些精神病院和監獄裡的人，也都是那樣的，他們被診斷出失憶症，像是老年痴呆，還有什麼蘇薩什麼症的？」

我：「蘇薩克氏症候群？」

他：「對，就是這個病名。說是有這種病的人，大腦記憶只有二十四小時，二十四個小時後就沒有記憶了。但其實我覺得根本沒有這個病，或者得這個病的人沒有那麼多。很多人被診斷出是這個病，是因為他們根本不是正常人，而是無源人。」

我：「你是怎麼知道的呢？」

他：「因為我親眼看到過啊。我看過無源人的出現。」

我：「哦？」

他：「真的，看你表情，是不是根本不相信我？我是認真的。那是一個暴雨天，我大半夜出門去買香菸，結果天上一個大霹靂落下來，落在了我家附近的一處工地裡。我看到那道閃電打出來的坑裡站著一個人，那個人沒有打傘，而是迷迷糊糊地做著奇怪的動作，好像小孩剛學會走路似的。他的走路姿勢非常奇怪，搖搖晃晃，像喝醉酒一樣，但走了幾步之後，他就適應，開始能像正常人一樣走動了。」

我：「說不定他只是個路過喝醉酒的人呢？」

他：「可是我當時就在工地附近，閃電落下前，那裡的確是一個人都沒有的，閃電落下之後，那個人就出現了！而且，之後幾天，我也看到那個人在附近悠悠蕩蕩，找不到他自己的家！最後，又過了幾天，我們社區裡有人報警，他才被帶去了收容所。」

我：「這只是個個例吧，而且我覺得，他真的得了失憶症的解釋都比你說的起源人要可信多了。」

他：「你還是不相信我？如果真的只是失憶症，難道我會不知道嗎？我特地接觸過一些乞丐，他們都告訴我一些讓我覺得詭異的事。他們中的一些人說，他們根本不記得自己是從哪裡來的，他們記憶裡有一個家，但真的去了那個家後，卻沒有人認識他們，發現記憶裡的家跟真實的家完全不一樣。而且，我還看過兩次一樣的景象。一次是在電視直播節目裡，我看到一道閃電之後，一個本來不該存在的人，突然從巷子裡走了出來。還有一次是我很小的時候，一道閃電落在了我外婆家的後山上，結果那裡就走下來一個人，走路姿勢也是搖搖晃晃，跟小孩剛學會走路一樣，非常奇怪。這些人，都是一個來源，都是無源人！」

我：「那你之前說，除了人之外，還有其他的東西？」

他：「對啊，人只是很少部分的例子，更多的例子，是一些你前一秒還不記得的東西，下一秒突然出現在了那裡。你有沒有這樣的經歷？在家裡發現了一些你根本沒有印象的東西，比如平白無故出現的鈕釦、平白無故出現的硬幣，或者鈔票之類的東西，你根本不記得什麼時候買過它們，可是它們就是在你那裡。」

我不禁皺起了眉，因為我想起的確有時會碰到這種情況。但是，這種情況，一般解釋都是別人到你家裡做客留下，或者你買的一些商品裡附帶的物品掉了出來，而你沒有在意而已。這些情況，很容易就可以解釋過去。

我：「就算碰到過，也是正常的原因，不是嗎？」

他：「不，有的是正常的原因，但有的不是。因為有些東西，本來就是可以憑空出現的。」

我：「怎麼可能呢？」

他：「比如說我們的宇宙，難道不是憑空出現的嗎？」

我一下子愣住了。

他：「我們的宇宙，一開始什麼都沒有，但是突然間，它就出現了。這不就是無中生有嗎？人腦的思維，總是會建立因果關係，認為任何事物都會有一個最終的因。當有人說宇宙是上帝創造的，孩子總是會問，上帝是誰創造的。孩子問父母，動物是怎麼來的時，父母會告訴孩子，動物是從單細胞生物進化來的。每個人大腦思考這個世界的方式，都是因果的，但是因果這個東西，只是這個世界的一部分啊。有些東西，根本不是因果的，於是人就沒法思考了。那樣的話，人就認識不到這個真實的世界了，你知道嗎？」

我：「除了因果之外，還有什麼東西？」

他：「很多啊。比如，『隨機』，還有『突現』！這些都是因果之外的東西。人們沒法理解一些隨機的東西，比如說著名的巴夫洛夫的狗。每次巴夫洛夫給狗餵吃的東西之前，都會搖一下鈴鐺，這樣次數多了，狗聽到鈴鐺就會以為有東西吃，會跑過來。狗已經在鈴鐺聲和餵食之間建立了因果關係，但如果有一天，你隨便搖一下鈴鐺，卻沒有給狗吃的東西，牠就會開始迷惑了。這就是因果不可靠的地方。因果沒有辦法處理隨機性，更沒有辦法對付『突現』這個概念。因為我們的宇宙也是突現的，突現就是零突然變成了一，從絕對的無突然變成了有。這個過程沒有辦法用因果來解釋，它沒有因，也不存在什麼因。而除了宇宙之外，這個世界上很多事物也都是『突現』出來的。那可能是你路上看到的一隻狗，或是一個路人，或者一塊石頭。它們都是突然出現的，而不是花費了數百萬年的時間演化而來的。」

我：「可是，那些『突現』的東西，你該怎麼區分呢？」

他：「這個就得看你眼力了。突現的一些東西，有時候會和周圍的環境格格不入。比如說，你走在冬天的街道上，看到一個穿著短袖的人，或在冬天看到了一隻春天才有的燕子。有時在大雨天裡，你會看到不打傘，只是站在雨裡不知道在幹什麼的人。這些都很反常，就看你的眼力了。」

我：「可是如果有些人是突現的，怎麼會有記憶呢？」

他：「記憶說到底，是大腦的結構啊，比如神經元的連接方式。如果突現的人在他突現的時候，大腦結構就已經造好了，那麼他們自然會有原本不屬於他們的記憶。那些記憶，肯定和這個世界格格不入了。你聽說過玻爾茲曼大腦吧？這也算是一個例子。量子漲落可以隨機地在宇宙中出現一個大腦。雖然這和我說的突現不太一樣，因為量子漲落畢竟不是真正的虛無，還是有能量存在的，所以不能算是完美的突現。但是你大概可以理解我的意思。突現，你的記憶可以不是你真正經歷的。你真的以為你活了幾十年嗎？其實你在這個世界上只存在了一秒，你是剛剛在這個世界上突現出來的，你那自以為正確的記憶，都是恰好因為順從了因果才組合出來的。有可能你現在所擁有的，都只是虛假的。你知道嗎？」

我：「所以，你認為過去不存在？」

他：「不，我的意思是，過去可能不存在，也可能存在。但是對於一些人來說，是不存在的。」

在他的世界觀裡，因果僅僅是這個世界的一部分。他認為這個世界還存在著因果之外的很多面，其中一面，就是突現。他眼裡的世界，跟其他人是完全不同的，對其他人來說，這個世界上的一切都有一個因，但是在他眼裡，可以沒有因，一切都可以是突然出現、突然存在那裡，而你，不能繼續追問為什麼。因為在突現的世界裡，沒有為什麼這個問法。

在對他的大腦進行檢測時，他被檢測出大腦存在一定程度的白質病變，這可能會造成他一定程度的記憶力下降，但問題是，這種病變到底是讓他喪失了正常人的記憶能力，還是說，打開了他大腦的因果觀察限制器，讓他認識到了另外一個更真實，但卻無用的世界呢？

從一到二，從二到三，從三到四，這是我們這個有序的因果世界。是科學的世界。

從一到一百零一，從一百零一到二十八，從二十八到四萬六千八百七十三，這是一個無序的隨機世界。是魔法的世界。

而從零到一，卻是超出了我們理解範疇的世界。

那是怎樣的世界？我們無法想像。真正的空是什麼？我們也不知道。

因為，那也許是造物主的領域。

翻轉的皮膚

有一段時間，院裡的金醫師身體不適，沒有到院裡來，因此，我代他的班幾天。那段時間裡，我會定時去照看一些原本由他負責的病人，了解病人的情況。

在院裡，有一個獨立的病房，住著一個年輕的小夥子。他是個大學生，但因為一些精神狀況，他做了司法精神病鑑定之後，進了精神病院。如今他在院裡已經接受了兩年多的系統治療，狀態已經相對穩定了一些。

在醫院期間，他還做過一些讓人瞠目結舌的事，比如說，在牆壁上塗抹糞便，脫光衣服在走廊裸奔，或用剃鬚刀自殘。當然，最後他的這些行動都及時被人發現並且制止了。

我：「這段時間感覺怎麼樣？」

他笑嘻嘻地看著我，眼珠子亂轉，道：「嘿嘿，好些了。」

然後他的表情又突然變得非常嚴肅，他低下頭，開始玩弄起指甲來，又從指甲裡挖出汙垢，刻意用舌頭舔了舔，然後露出了小孩吃到中藥的痛苦表情。

看起來，他的精神狀況的確還算可以。雖然行為還是不太正常，但比起其他的一些病人，他的狀況已經算好了。

我：「藥已經開好了，別忘記按時吃藥。」

他表情突然古怪起來，「知道了，醫生。醫生，最近我老做夢。」

我本來想離開他的房間了，他這麼一問，我又收住了腳步：「做什麼夢？」

他：「噩夢，我老是做噩夢。睡不好。」

我：「什麼樣的噩夢？」

他：「我夢到自己變成了一隻變形蟲。」

我：「變形蟲？」

他點點頭，睜大了眼睛看著我：「對的，變形蟲。也叫阿米巴蟲，看起來像排泄物一樣的那種蟲子，軟軟的，黏糊糊的。我老是夢見自己變成了變形蟲。」

我：「經常做一樣的夢嗎？」

他：「每天都做，不管是晚上睡覺，還是睡午覺，我都夢見自己變成了變形蟲，然後……」

我：「然後怎麼了？」

他：「然後，我夢見自己的皮膚翻過來了。」

我：「皮膚翻過來？」

他：「對，就是皮膚翻過來。裡面的皮膚到了外面來，外面的皮膚到了裡面去。」

我：「整個人的皮膚都是嗎？」

他神情變得慌亂了起來：「對的，對的，就是整個人的皮膚都翻轉過來了。外層的那些毛髮啊、毛孔啊，統統都給翻到裡面那一層去了，扎在我裡面的骨頭上。然後，我裡面的那些血管、脂肪層啊、皮下組織啊，統統都到外面來了。我還能看到血管像是蜘蛛網似的蓋在我的身上，我的肚子還會噴血……」

他把手按在腹部略微偏左的位置上，說：「就是個地方。開了個手指長度的口子，鮮血一陣一陣地噴出來，每次都噴出差不多半公尺呢……」

我按在了他的肚子上，問：「這個位置？」

他連連點頭，驚恐地睜大了眼睛：「對的，對的。血一直噴……一直噴個不停……太嚇人了，我身上都是血，衣服上也都是血，我的皮肉都到外面來了……我照鏡子，看到裡面站著一個紅色的人，器官都在外面，五臟六腑都在皮膚外面，那個人就是我……但是他根本就不像我……」

我：「你肚子最近痛嗎？」

他：「我不痛。一點也不痛，是夢裡痛，現實裡不痛。但是我怕……我怕我的皮膚會真的翻過來……每天我睡在床上都覺得癢，感覺像是我的汗毛翻到了裡面，在扎我的身體……我覺得我的器官好像都翻到了外面，心臟掛在皮膚外面，只靠血管跟神經連接著。它撲通撲通地在跳，我怕我稍微動一下，心臟就會掉下來。還有，我的胃也掛在外面，我的肺、我的胰臟，全都在身體外面，像是鼓包一樣鼓在那裡。我想把器官從皮膚縫隙裡塞回去，但是我一碰心臟，心臟就開始狂跳，痛得不行。我想把胃塞回去，但是一抓我的胃，胃裡就有白色的胃液流出來……」

我：「那你醒來後，身體有沒有感覺到什麼不適？比如，哪裡痠痛？」

他搖了搖頭：「醒來之後就不痛了……只有在做夢的時候才能夠感覺到那種痛。」

我：「這種情況持續多久了？」

他：「很多天，我記不清了……反正很多很多天了……」

我：「在夢中，你能很清楚地看到自己的模樣嗎？甚至看到自己的臉？」

他：「是啊。因為夢裡有鏡子，就是那種車子的後視鏡，所以我能看到自己的臉。那已經不是人的臉了，我臉上的皮肉全部都翻轉過來，臉上咯咯噠噠的，神經和血管一跳一跳，滴著鮮血，就像一隻紅色的章魚……哎呀醫生，你別問了，想辦法給我弄點安眠藥吧，反正我只想睡個好覺，怎麼樣都行。」

我：「這可不行，我怎麼能隨便給你弄藥呢？」

像安眠藥這種藥，醫院自然是不可能隨便開給精神病患者的。他的這種情況，我必須了解清楚，他是真的出了問題，還是只是在想辦法弄藥來自殺。像他這種有過自殘行為的人，是不可能給他隨便開藥的。

他痛苦地抱住了頭，說：「可是我真的受不了了，我真的受不了啊……每天都做夢，每天每夜都做噩夢……早知道我就不來這個地方了。太難受了。我想出去啊，我寧可去監獄也不想在這裡啊……」

看到他表現出萬分痛苦的模樣，我還是把他的情況回饋給了他的父母。第二天，他的父母來院裡看望他，他父母離開之後，他的狀況才稍稍好轉了一些。但是，還遠遠談不上恢復。

之後，因為金醫師回到醫院裡，我沒有再見到他。後來當我得知了他的來歷，內心還是留了一個心眼。

他是兩年半前來到這裡的。住進醫院的原因，是被司法精神鑑定鑑定出有精神分裂症。但是，這只是表面上的說詞而已。

當我更深入地了解他的履歷，我的內心掀起了一陣波瀾。

兩年半前，他曾經開車撞死過一個女大生。女大生當場身亡，血肉模糊，他當時又驚又恐，想要肇事逃逸，卻沒能成功。而有消息稱，那個女大生是他追求的對象，只不過，她拒絕了他。他是一怒之下，才把她給撞死的。而在那之後不久，他就經過司法鑑定，被查出有精神分裂症，而住進了醫院。

當時，是金醫師給他安排的住院手續。他的父母是某個大型集團的高層，據說他們在地方上手眼通天。

當然，這些都只是小道消息。消息內幕是真是假，誰也不知道。

但有一件事，我是知道的，那就是我經常看到金醫師出入他的單人房，每次進去，都會帶著一疊精神病鑑定的測試題，並且聊很久。金醫師離開他房間之後的第二天，他就會做出一些極端的行為，彷彿在拚命證明他是精神病患，以免被人看穿。

有一次，我終於鼓起勇氣，向金醫師聊起了他的事。

我特地趁著沒人時，小聲問道：「我說，金醫師，住在那個房間的小夥子……他真的有病嗎？」

金醫師只是推了推眼鏡，嘴角掛著一絲讓人捉摸不透的笑意。

他什麼都沒有說，而我，恐怕也永遠不會知道真相。

那個男生在夢中從後視鏡裡看到的，翻轉了皮膚的人，究竟是他自己，還是那個死於車禍的可憐女孩？

不論如何，有一點我很清楚，這也是我這些年積累下來的經驗。那就是，真實世界的人，有時候，比瘋子更恐怖。

絕望先生

在我這個行業做久，最可怕的一件事，就是你有可能在不知不覺中，被精神病患者給同化。有時候，你會分不清到底你是精神病患還是精神科醫生；是精神病患假冒的精神科醫生，還是得了精神病的精神科醫生。

那麼，我到底是一個醫生，還是患者呢？

那天早上，我在精神病院的病房裡醒來，進入我房間的是都教授。他面帶微笑，手裡拿著一把水果刀。

都教授微笑著看我：「怎麼樣，精神狀況好些了嗎？」

我：「早就好了。其實我早就可以出院了，根本不用待在這裡。」

都教授：「但一個療程有三個月，不到三個月，你是出不去的。而且還必須保證，你在三個月內沒有出現什麼異常的狀況。」

我：「唉，所以說，沒辦法啊。我現在都不知道自己到底該怎麼辦才好，住在這裡，只是個開始……我不知道我出去之後，該怎麼過日子。」

都教授在我的身旁坐了下來，他笑道：「其實，你也挺喜歡這個地方吧？」

我：「我怎麼喜歡這個地方了？這個地方沒幾個正常人……雖然有些人想法很有意思，但是更多時候，我還是想跟普通人接觸。」

他：「那可不一定，至少在我看來，比起普通人，你更願意接觸的，還是這裡的人。不然，你也不會把自己幻想成是醫生，然後悶在這裡，寫你的那部精神病患訪談錄。」

我皺起眉，詫異地看著都教授：「你說什麼？我把自己幻想成是醫生？你在開玩笑吧？」

都教授反而疑惑地看著我，嘆了口氣，道：「看來，你還沒有從你是精神科醫生的幻想裡走出來啊。」

我盯著都教授看了半天，半開玩笑地說：「你開什麼玩笑？我本來就是精神科醫生，什麼時候成了幻想了？我的精神病患訪談錄，都是根據我這些年的從業經驗寫出來的，這些都是證據。」

都教授：「看來你也變得跟其他妄想症患者一樣了。你還沒有從你是醫生的妄想裡走出來嗎？你的那本書，我也看過，那些東西都是你根據自己的妄想編造出來的。」

我：「你今天的玩笑怎麼開得這麼認真？很多案例都是你跟我共同經歷的，我可是都寫出來了，你還說是我編造的。」

都教授認真地看著我，說道：「難道你真的不記得了嗎？不信，你可以舉幾個例子。」

我：「舉例？就說那個想當頂客族的病人，那個你知道吧？當初你不是跟他談過話嗎？他覺得別人都是自私的惡魔，想把別人都給物化。」

都教授笑了：「我不記得我有跟他談過話。我記得的是，你是在看了道金斯的《自私的基因》之後，寫了他的訪談錄。你一直說是我開導了他，可是我從來沒有這部分記憶。我覺得，你是把理查·道金斯當做這個病人的原型，寫進了你的書裡。」

我：「開什麼玩笑？難道我的記憶還會出問題不成?!那，那個覺得世界是外套的病人呢？那個人你也知道吧？我跟你談起過。」

都教授：「我也看了。我覺得，你是把海德格當做他的原型了。」

我：「那……那個覺得存在即永生的人呢？」

都教授：「他的原型，我覺得是羅素。你編造這個病人的原因，是因為羅素認為這個世界是三分鐘之前誕生的。」

我：「怎麼可能！那個崇尚理性的人呢？流動的生命呢？」

他：「我覺得那些人的原型是蘇格拉底、化學家舍恩海默。」

我不信邪，又問：「那個想要逼出本我的人呢？」

都教授：「我覺得像是佛洛伊德。」

我開始有些不受控制了，「那麼，覺得死亡是遺忘的人呢？」

都教授：「我覺得那是《死後四十種生活》的作者大衛•伊葛門。」

我：「太搞笑了。那個覺得本質不存在的人呢？」

都教授：「我覺得是資訊哲學的代表人物，弗洛里迪。」

頓了頓，都教授說道：「總而言之，我認為，你把歷史上一些偉大的天才當成了精神病，而你自己則是精神病院醫生，給他們進行診斷。你的病情非常嚴重，因為沉醉於各種思想，你甚至已經分不清自己到底是誰，誰才是醫生，誰才是患者。」

我感覺自己幾乎頭痛欲裂，我知道，到了這個地步，想要證明我自己的身分，剩下的辦法就是找別人了。「那就去問問金醫生啊，問問劉醫師，或者是護理員小陳、警衛老鄭，他們都可以證明我在這裡工作過。」

都教授笑道：「這裡是封閉式管理，為了安全考慮，是不能隨便出入的。我現在是你的監護人，你的狀況很嚴重，最好不要隨便出入。」

說著，都教授拉了拉他的衣服，我看到他穿著的，是醫師的工作服。

我徹底混亂了，記憶開始變得模糊起來。

這一切到底是怎麼回事？

到底都教授說的是真的，還是他有精神病，他在胡說八道、欺騙我？

又或者，這一切，只是一個玩笑？

我感覺到大腦一片混沌，甚至分不清方向。

我開始歇斯底里起來，喊：「讓我出去，我要從這裡出去！」

都教授笑道：「門都用鐵鍊鎖著呢！你還是安靜點吧，不然他們會來給你打鎮靜劑的。」

我：「別開玩笑了，如果我不是精神科醫師，我會知道這麼多細節？我會知道各種關於精神病的醫學常識？」

都教授從床下找出了厚厚一疊的精神病學書籍，擺在我的面前，笑道：「為了寫你的著作，你之前的確是了解不少這方面的東西啊。」

我感到頭痛欲裂。有件事，我還記得很清楚，那就是我很明白我到底是怎麼住進這個房間的。那差不多是兩週前的事。

我會來到這個房間，是因為那個「絕望先生」。

據說，每間醫院都有這麼一個「鎮院之寶」，住在重症病房，病情最為嚴重。他可能有著宛如邪教教主般，極其瘋狂的思想，也可能是無法自我控制而導致情緒暴走，並有傷人的傾向。總而言之，這樣的患者，通常都非常危險。

而這位絕望先生，就是這麼一個人。

在我遇過的患者裡，他屬於最最危險的那一類。

他經常說他是個犯罪天才，最喜歡做的事就是把玩人心，策劃各種犯罪方案，把人心當成玩具玩弄。有次，他還裝模作樣地威脅其他醫師，他那如同將天下事都握在手裡，維妙維肖的犯罪頭目表情和動作，真的嚇到了不少醫師。

他把自己稱為「絕望先生」，而醫院裡，唯一能跟他平分秋色、談得上話的，我所認識的人中，就只有都教授。

在我的記憶裡，我還記得那天我才剛見到絕望先生，他就開始詭異地笑了起來：「上次見面時，我把你嚇得不輕吧？不好意思啊，我沒想到你是這麼沒用的人，三兩句話就給嚇成那樣，哈哈哈。」

我：「你不用說了，我一句話都不會相信你的。」

絕望先生笑了起來，「你知道讓一個人放鬆警惕最好的辦法是什麼嗎？」

我：「……」

絕望先生：「就是讓一個人先被告知自己已經深陷危機，之後，發現對方只是個瘋子，在嚇唬自己。那時，他的心理防線會變得很鬆。如果這個時候再對他的家人下手，反而更有機會。這就是狼來了的故事。」

我笑道：「你繼續說吧，我一句話都不會信你的。」

絕望先生：「人在真正開始提防和害怕一個對象的時候，反而會挑釁對方，你懂嗎？你說這句話，其實已經說明，你的潛意識已經開始重視我了。」

我斜眼看著他：「那又怎麼樣？」

絕望先生：「沒什麼。想要我教你幾招玩弄人心的技巧嗎？如果你學會了，不管什麼樣的女人都會對你死心塌地，牢牢地跟隨你。我用我自己的方法，曾經讓不少女人對我死心塌地，甚至哭著要我跟她們上床，你信嗎？」

我：「……」

絕望先生：「其實在所有的玩具裡，女人最容易操控了。因為她們弱點最多，一點點緋聞就可以把她們徹底擊垮。你知道我是怎麼泡到一個有很多人追求的高中女生的嗎？那時，她還已經和別的男人交往了。

「方法很簡單，我在她每天騎回家的自行車座墊下塞了一個釘子，她坐上去之後，屁股就會被扎到。然後，我在墊子下放了一張紙條，自稱是個愛滋病患者，因為想要報復社會，所以胡亂撒播有我鮮血的釘子，希望感染更多人。這些釘子之中只有一半有我的血，另一半不是，如果想知道自己的釘子有沒有血，就拿著有號碼的釘子，在特定的時間去附近賓館的某個房間找一個人。而且必須是一個人去，否則就遇不到對方。等那個女孩害怕自己身體出情況而去了賓館之後，我就在賓館門口拍下她進賓館的畫面。同時，我還故意安排了幾個人，跟她一起進賓館，把他們一起進去的畫面拍攝下來。之後，我再以賓館房間號碼錯誤為理由，讓她進去三次，每次都是跟不同的男生一起進去。她跟其他男人一起進賓館的照片掌握在手，我就可以將這些照片發給她的男朋友了。當然，我也對她男朋友做了同樣的事，讓他以為自己感染了疾病。果然，透過這個方法，不到三天，他們兩人就分手了。而在懷疑自己得了重病之後，女生一般既羞於啟齒，又會極度恐慌，這時她的內心是最最脆弱的，你很容易就進入她的世界。只要告訴她，你就是那個撒播釘子的人，她就會求你告訴她那個釘子到底有沒有問題。因為任何檢測都不能百分之百保證她沒有被感染，而女性天生的猜疑性格會無限放大她們的恐懼，所以，當你說只要她給你一張她的裸照，你就告訴她真相，她就會乖乖照做。而最後，擁有她的裸照的你，就會變成支配她人生的操縱者。因為從今以後，不管她找什麼樣的對象，你都有了她的把柄，她再也走不出你的陰影，你懂嗎？嘿嘿嘿嘿……」

我：「你這麼做，就不怕她檢舉，把你給抓了嗎？」

他：「如果她敢報警，我就把她是感染者的事徹底公布，而且我永遠不會告訴她到底有沒有中，她將永遠活在陰影裡。女孩子那麼膽小，那麼要面子，你覺得她敢嗎？其實這種機率，是很低的。

「製造出一個可惡的惡魔，然後用恐怖和猜疑去威嚇人心，再突然以聖人的形象出面，施以適當的憐憫，人心很容易就被支配了，真的。當女人覺得自己貶值了，你說不在乎她的過去時，她就只是一個便宜的玩具了。」

我：「你還做過其他更過分的事嗎？」

他：「那是當然。要告訴你更多嗎？比如說，你知道小孩其實是這個世界上最邪惡的存在嗎？有次，我在外地把一個人綁架了，然後關進一個魔術箱子裡。箱子門鎖著，表面插了很多的劍，然後我在外面貼了標籤，說裡面是一頭豬，這頭豬被插中了屁股，就會怪叫。結果，你知道嗎？三十多個路過的小孩，都把劍狠狠插進魔術箱子裡。孩子們看到上面插的劍愈多，就會插得愈起勁，他們根本沒有意識到，裡面的慘叫聲根本就不是豬，而是人！嘿嘿嘿……」

他繼續得意洋洋地說：「當然還有更有意思的。你知道怎麼利用共振製造爆炸嗎？我特地在一間地下室裡放了一個自己煉製的炸藥，捆綁在一座石像上。這座石像呢，是會隨著外界車輛和警笛聲共振而旋轉的。當警方得知我的藏身之所，開始來檢查的時候，他們的車一進地下室，就轟地一下……哈，全都炸沒了。真是蠢到了極點。」

他總是自詡為犯罪天才，在高智商犯罪領域，沒有人能夠跟他相提並論。他覺得警方的智商在他面前僅僅是小兒科，簡直就像幼稚園沒畢業的小朋友。這已經不是第一次，他在其他人面前炫耀他那高深莫測的犯罪手法和頭腦。

當然，到底有多少人相信他的話，我就不得而知了。

他繼續得意洋洋地笑著說：「有時候，我的一句話，就可以讓那些堅信法律和正義的天真小男孩世界觀崩塌，你相信嗎？」

我挑起了一邊眉毛：「你倒是說說看。」

他：「一輛藍寶堅尼和一輛奧拓相撞了，奧拓負全責，他應該變賣所有家當賠款嗎？」

我微微一愣。

他：「如果你堅信法律是公平的，那麼按照人人平等的法律原則，就該讓奧拓車主賣掉房子、露宿街頭來賠償。但實際上，人人平等的法律就是保護富人和強者的利器，除非法律是不公平的，法律必須偏袒弱者，那麼奧拓車主就不需要賣掉房子、當奴隸來賠錢。但是這樣一來，又產生了新的問題：如果有一輛三輪車撞了奧拓，那麼三輪車車主也是弱者，而奧拓車主就是相對的強者，如果法律是偏袒弱者的，在這個情況下，奧拓車主就又會失去保護。而三輪車車主相對於乞丐，卻又是強者……你說，法律是該公平呢，還是該保護弱者呢？所謂的法律，從根本上，就是一個鬼扯淡的東西，在階級和財富面前，根本毫無意義。當然，這種話，只要不是小孩子，多少都明白，我只是把話說得更直接而已。」

我：「這種話，你對我說毫無意義。世界上沒有完美的制度，只有盡量去完善的制度。你覺得法律不能真正保證公平，那你覺得怎樣才能真正公平呢？」

他笑了：「隨機，真正的隨機才能公平。只有不論富人還是窮人的命運都是隨機的，都沒有特權來減少他們在這個世界上面對的不確定風險時，這個世界，才是真正公平的。所以，這世界需要一個玩家。一個真正的惡魔玩家。他隨心所欲地殺人，有可能殺死富人，也有可能殺死窮人，他的行為完全是憑興趣，沒有任何的規律。這樣的存在，才能保證這個世界達到最大限度的公平。當然，那個惡魔玩家是有特權的，他不能死。」

我：「所以，這就是你自詡為犯罪專家、玩弄人心的原因？」

他：「差不多吧。你不覺得有趣嗎？對了，我今天想到了一個新的玩弄對象，你覺得他是誰呢？」

我警惕地看著他：「……誰？」

他笑咪咪地看著我，說：「那個人，就是——你。你知道嗎？雖然你不相信我的話，但是相信我的信徒還是不少的。我就把你女朋友的身分和照片給他們，然後……嗯，嘿嘿，他們就發給我這張照片。」

他把一支手機遞給我，當我看到手機裡的圖片，整個人都像是觸電一般，沒法動彈了。

手機裡，是我女朋友的照片。沒有穿衣服。

他笑了起來：「現在你相信我的話了吧？要讓一個女人臣服，是一件很簡單的事，只要利用一點點的恐懼。對了，你最近沒有跟你女朋友發生關係吧？如果有，我建議你做一下檢查，因為……我的那些信徒裡，有不少，是真的有感染病的。嘿嘿，你想聽聽你女友在床上的聲音嗎？你聽，我這裡還有錄音呢，嘿嘿嘿，來來來，聽聽……」

說著，他笑嘻嘻地就要按下手機鍵。

「你這個禍害！」我終於再也忍不住，直接把手中的玻璃杯，狠狠朝著他的腦袋砸了下去。沒想到他也站了起來，拿起桌上的保溫杯，狠狠朝著我的腦袋砸了過來……

後來，我和他的廝打被勸了下來，但是之後的一段時間，我的精神狀況變得極差。

首先，我真的開始懷疑自己是不是有病。為此，我甚至做了各種項目的檢查。其次，我和女朋友之間的感情，也真的出現了裂痕。我開始懷疑她，雖然她表面上言行舉止看起來跟我記憶中的一模一樣、沒有差別，但是隨著時間的推移，也許她發現了我身上的什麼異樣，也開始用另類的眼神看著我。甚至有時候，她還會問我：「你不會也被精神病患感染，變成精神病了吧？」

再之後，我開始失眠，身上出現了震顫、腸胃功能紊亂的狀況，我開始頻繁地去醫院做各種檢查。

而更讓我難受的是，我和病人打架的事，也傳了出去。我的風評變得極差，甚至開始有人議論我精神失常，包括我的朋友、親人，都是如此。而到了最後，隨著我身體和精神狀況每況愈下，我也住進了精神病院進行療養。

……這是我所擁有的，住進院內的全部記憶。但都教授卻告訴我另一個故事，他說我本來就是患者，本來就住在院裡，我所有的關於醫生的故事，都是我編造出來的……

到底哪一個才是真的，哪一個才是假的？

重症病房的大門已經被牢牢鎖死，我被禁止出入，我該怎麼辦？怎樣才能證明自己不是個精神病患？

我，到底該怎麼辦？我該相信誰？

相信自己，還是相信別人？

自己的記憶和他人的說詞，到底哪一個才是真的？

最後，我終於想到了一個辦法。

我拿過都教授手中的水果刀，然後，狠狠地朝我的手臂皮肉割下去。

這是我離開這個地方的唯一辦法，都教授也沒有想到我會這麼做。被監控發現我有自殺傾向後，外面的醫務人員終於打開了鐵門，前來接我，而我也終於看到一張張我熟悉的臉。

「大劉、小林，你們終於來了！」我激動不已地看著從外面進來的護理人員，「你們居然把我關在這裡！你們瘋了嗎？哈哈，我現在終於可以出去了！」

可是我突然感覺到了背後冰冷的光芒。

我霍然轉頭，看到都教授端端正正地坐在床沿上，一臉詭笑。

很快，我的手臂得到了包紮。但是，在那之後，等待著我的，卻是更加殘酷的結局。

「病人的情況惡化，他開始出現自殺傾向，恐怕一個療程的治療還不夠。」

這是我所得到的答覆，讓我絕望的答覆。

走出診斷室時，我看到走廊的盡頭站著兩個人，他們正在角落裡竊竊私語。

一個是都教授，而另一個人，則是絕望先生。一個穿著白色襯衫，另一個穿著黑色外套。就像是上帝和惡魔。

當我再次回到了病房，都教授已經坐在那裡，他微笑著看我：「沒有用的，當一個人被第一次貼上精神病的標籤之後，他這輩子所說的任何話，都不會再有人相信了。人心就是這樣。」

我恨恨地盯著他，道：「你為什麼這麼做？你是成心想玩弄我，把我給逼瘋，是嗎？你是第二個『絕望先生』？你跟他是什麼關係？」

都教授笑了：「關係？其實也沒什麼，我只是個商人，只不過我賣的東西跟一般人不一樣。別人賣的是實實在在的東西，而我賣的，是世界觀。絕望先生喜歡我賣給他的各種世界觀，他覺得我的這些商品，對他很有用。」

我恍然大悟：「所以，絕望先生是犯罪專家，其實是因為你在背後給他出謀劃策?!你是在教唆犯罪！」

都教授笑了笑：「教唆犯罪的是絕望先生。而我？只是有空跟他們喝喝茶、談談心罷了。我比較好奇的是，你說，教唆別人去教唆別人犯罪的人，算是教唆犯罪嗎？」

我頓時愣住了。

這一刻，我終於明白了。

絕望先生僅僅是都教授的代理人。都教授從精神病院裡得到了各種精神病的想法，於是他給絕望先生提供各種點子，讓絕望先生利用人心去教唆犯罪，甚至，親自犯罪。

證據呢？沒有證據。都教授他什麼都沒有做。

他只是個精神病患，甚至有精神病鑑定書，幾年前就有了。

有人相信了一個瘋子的言論，然後去做瘋狂的事，法律會懲罰那個瘋子背後的瘋子嗎？

我無法回答都教授的問題，只是轉移了話題，道：「我現在真的很懷疑你。我一直很好奇一件事，你跟很多的精神病人都聊過天，結果，他們都變成了正常人，順利離開了醫院。你是真的治好了他們嗎？」

都教授再次笑了：「從某種意義上來說，算是吧。我告訴一些對這個世界抱有絕望和負面想法，甚至想要自殺的人，不要急著自殺，把他們的思想寫下來，把他們的世界觀寫下來，寫成書，寫成文章，擴散他們的思想，讓他們的思想被更多人知道。比如那個相信著自私的基因的理論，覺得人類本性自私的傢伙，我告訴他，在把如此美妙的思想寫成書擴散之前死了，就太可惜了，一定要在他的思想成書出版之後再死。」

我：「你才是真正的瘋子！真正的精神病！你給那麼多人洗了腦，你是在危害社會！」

都教授點了點他的太陽穴，笑道：「是啊，我是個瘋子啊，誰說不是呢？我都住進來好幾年了，鑑定書都有呢！你可以去法院告發我，儘管去。可是，你覺得他們會相信一個瘋子控告另外一個瘋子嗎？」

是啊，誰會相信一個瘋子指控另外一個瘋子呢？

僅僅只是一句話，都教授就將我打擊得潰不成軍。

他是個天才，曠世的天才。

他更是瘋子，絕對的瘋子。

我冷冷地看著他，問：「是你讓絕望先生故意來激怒我的吧？我女朋友那張照片，也是跟其他女優PS的，對吧？你們為什麼這麼做？為什麼要讓我住進這裡？」

都教授：「我只是幫老金一個忙而已。你知道了一些不該知道的，如果你也瘋了，就算你想傳出去，也沒人會相信了。你知道嗎？其實外面的世界，很多人都在急著花錢買進這座醫院。有的時候，得有一個引渡人。」

這一刻，我終於大徹大悟。

我終於明白了所有的真相。

真相只有一個。那就是金醫師照看的那個病人，那個一直夢見自己皮膚翻轉的年輕人。因為我發現了他偽裝精神病的事，所以，金醫師想要陷害我，就玩了這一齣。

他知道我是比較剛正的性格，所以想方設法，給我弄精神病證明。他想讓我也變成瘋子，這樣一來，不管我說什麼，都不會再有人相信了。就算我揭發他受到「翻轉皮膚」小子一家賄賂的事，也沒有任何讓別人相信我的辦法。

這一招，真是狠毒到了極點。

想到我的精神病鑑定也是金醫師給我做的，我心中更是升起了無名之火。

這一切，都是一個設好的局，只等著我跳進來。

也許……我真的，輸了。

我剩下的出路，只有兩條。

第一條，和他們同流合汙，也墮落成惡魔，讓他們饒過我。

第二條……想辦法證明我不是瘋子。

怎樣才能證明一個瘋子不是瘋子呢？

唯一的辦法，就是證明證明了他是瘋子的那個醫生，才是個瘋子。

看著在我面前露出勝利喜悅的都教授，我也衝著他露出了勝利的喜悅。

三天後，我趁著護理人員前來試探我，搶走了他手中的針筒，然後將針頭狠狠扎進了我的皮膚。鮮血流出。

帶著沾染我那感染了「病毒」的鮮血的針筒，我狂笑出聲，長奔疾走。如脫籠的瘋子般，笑聲在長廊裡迴蕩著，爾後，我一腳踢開金醫師所在的病房，衝入其中，看到他那驚恐的面容……

我要把我的瘋狂傳染給他。我要證明他才是瘋子。

是同流合汙，變成黑色的惡魔，還是堅守自我，變成狂浪的瘋子？

我選擇後者。

畢竟，瘋狂是會傳染的。

國家圖書館預行編目資料

我在精神病院當醫生2——人人皆撒旦 / 楊建東作. -- 初版. -- 臺北市 : 寶瓶文化, 2020.02
面 ; 公分. -- (Island ; 296)

ISBN 978-986-406-182-2(平裝)

857.7 109000144

Island 296

我在精神病院當醫生2——人人皆撒旦

作者/楊建東

發行人/張寶琴
社長兼總編輯/朱亞君
副總編輯/張純玲
資深編輯/丁慧瑋　編輯/林婕伃
美術主編/林慧雯
校對/林婕伃・陳佩伶・劉素芬
營銷部主任/林歆婕　業務專員/林裕翔　企劃專員/李祉萱
財務主任/歐素琪
出版者/寶瓶文化事業股份有限公司
地址/台北市110信義區基隆路一段180號8樓
電話/(02)27494988　傳真/(02)27495072
郵政劃撥/19446403　寶瓶文化事業股份有限公司
印刷廠/世和印製企業有限公司
總經銷/大和書報圖書股份有限公司　電話/(02)89902588
地址/新北市五股工業區五工五路2號　傳真/(02)22997900
E-mail/aquarius@udngroup.com

法律顧問/理律法律事務所陳長文律師、蔣大中律師
如有破損或裝訂錯誤，請寄回本公司更換
著作完成日期/二〇一九年
初版一刷日期/二〇二〇年二月
初版二刷日期/二〇二〇年二月五日
ISBN/978-986-406-182-2
定價/三一〇元

AQUARIUS 寶瓶 文化事業

愛書人卡

感謝您熱心的為我們填寫，
對您的意見，我們會認真的加以參考，
希望寶瓶文化推出的每一本書，都能得到您的肯定與永遠的支持。

系列：Island 296　書名：我在精神病院當醫生2——人人皆撒旦

1. 姓名：＿＿＿＿＿＿＿＿　性別：□男　□女
2. 生日：＿＿＿年＿＿＿月＿＿＿日
3. 教育程度：□大學以上　□大學　□專科　□高中、高職　□高中職以下
4. 職業：＿＿＿＿＿＿＿＿
5. 聯絡地址：＿＿＿＿＿＿＿＿＿＿＿＿＿＿＿＿

   聯絡電話：＿＿＿＿＿＿＿＿　手機：＿＿＿＿＿＿＿＿
6. E-mail信箱：＿＿＿＿＿＿＿＿＿＿＿＿＿＿

   □同意　□不同意　免費獲得寶瓶文化叢書訊息
7. 購買日期：＿＿＿年＿＿＿月＿＿＿日
8. 您得知本書的管道：□報紙／雜誌　□電視／電台　□親友介紹　□逛書店　□網路　□傳單／海報　□廣告　□其他
9. 您在哪裡買到本書：□書店，店名＿＿＿＿＿　□劃撥　□現場活動　□贈書　□網路購書，網站名稱：＿＿＿＿＿＿　□其他＿＿＿＿＿
10. 對本書的建議：（請填代號　1. 滿意　2. 尚可　3. 再改進，請提供意見）

    內容：＿＿＿＿＿＿＿＿＿＿＿＿

    封面：＿＿＿＿＿＿＿＿＿＿＿＿

    編排：＿＿＿＿＿＿＿＿＿＿＿＿

    其他：＿＿＿＿＿＿＿＿＿＿＿＿

    綜合意見：＿＿＿＿＿＿＿＿＿＿＿＿＿＿＿＿＿＿＿＿
11. 希望我們未來出版哪一類的書籍：＿＿＿＿＿＿＿＿＿＿＿＿＿＿

讓文字與書寫的聲音大鳴大放

寶瓶文化事業股份有限公司

（請沿此虛線剪下）

廣 告 回 函
北區郵政管理局登記
證北台字15345號
免貼郵票

寶瓶文化事業股份有限公司 收

110台北市信義區基隆路一段180號8樓

8F,180 KEELUNG RD.,SEC.1,

TAIPEI.(110)TAIWAN R.O.C.

（請沿虛線對折後寄回，或傳真至02-27495072。謝謝）